虚空の時代に

石丸 栄作
Ishimaru Eisaku

文芸社

目次

第一部　記憶・夢そして発作

一、序章・サクラ

サクラ、桜、さくら……。

今の私にはこの「サクラ」というカタカナの響きが一番しっくりくるようだ。それはその無機質さのためだ。

私はサクラの咲く季節になるといつも言いようのない不安な気持ちに苛まれた。それはこの時期だけ生活に空白が生まれ、一年のうちで消える時間が出現するからだ。その欠落が春というものを何もかもが生まれると同時に消えてゆく季節にしている。

いや欠落ではない、何かが触れてくるのだ。それは一つの感触、絶対に触れることができないものが触れてくる感触だ。そのために空白という明確なものが現れてくる。

といっても、それは雪のようなサクラが心を揺さぶるとか、儚い散りぎわに日本人の魂が狂おしくなるとかの詩的な話ではない。

それは純粋な病気だ。後で詳しく述べるが、理解できているようでこれといった正体がつかめない脳の病気、そう診断された。そしてその延長線上にあると思われるのだが、私は生まれつきサクラが見えていなかった。つまりサクラに関してだけ私は心身ともに色盲状態だったのだ。

たしかに「在る」ことは分かる。上野でも千鳥ヶ淵でも、近所の公園でも、物体として一角を占めているのは見える。しかしそれが視覚として脳に定着しないのだ。まるで存在しないかのように傍を流れてゆく。もどかしく、もどかしく、すり抜けて見えない。その結果、春に空隙《くうげき》ができて奥に何かが潜んでいる感覚になる。

病気の中でも脳に関するものは、統計的に春に頻出するという。冬に縮んでいた万物が、暖かくなって膨張する時にちょっとした誤作動を起こすように、私の病気もほぼ春先に顔を出した。今のところ、これといった治療方法はないようだ。

私は今、四国の山村に療養に来ている。療養といっても半日農作業をし、もう半日はブラブラしているだけだ。それしかやることがないというのも悲しい。昨年の十月に来て今は七月だから、もう九ヶ月が過ぎた。たまに座禅をすることもある。私が厄介になっているのは禅寺だから、強制はされないが時々指導もしてくれる。

サクラといえば、ここに来て一つ奇妙なことがあった。山村というのは都会人にはいろいろと刺激的なことが多く、空が頭上にあるのと空の下に人がいるのとニュアンスが違うのに驚いたりするのだが、それらとは少し趣の違った象徴的なことだったのでちょっと記しておこう。

それは山の根雪がほぼ消えた三月十一日のことだった。日陰にはまだ晩冬の寒さが残っていたが、日向はもう空気が生ぬるかった。前の年にあの悲惨な東北の大地震が発生した日だ。朝からテレビも新聞もラジオもネットも、皆震災関連のニュースで埋め尽くされていた。

私はそれらを振り払うように、午後一番に寺を出て、険しい四国山地の奥へと入っていった。標高の高いこの辺りは山の頂上に近く傾斜がかなりきつかった。樹間を這うようにして登る。

なぜそんな所に行ったかというと、その先にある遍路が縊死した場所があるからだった。もう十年以上も前のことになるが、一人の男が、ほとんど地元の人も足を踏み入れない鬱蒼とした森の奥で首を吊った。男は寺に数日滞在していたという。度春先にやってきて、二ヶ月以上をかけて四国を巡り、再び戻ってきた。

その時の表情は晴れ晴れとしていて、長い行脚の末にいろんなことが脱落したようで、呼吸をするのも心地よさそうだった。これから帰る故郷のことや、始める仕事のことなどを楽しそうに語った。

それなのに首を縊った。

当時関わった人は皆、首を傾げたという。

「やはり他人には分からない苦しみがあったのだろう……」

私は直感的にそうではないと思った。理由は分からないのだが、その会ったこともない男は、私と同じものに触れたのだ。二ヶ月の苦行の間に突き抜けて、あれに触れたのだ。そうすると生でも死でも変わらなくなる。生にも同化できるし死にも同化できる。たまたま彼は死への同化を選んだに過ぎない。それは歓喜であったろうし苦渋でもあったろう。あるいはそれが入れ替わったか。いずれにしろ人跡稀な深山も遍路の行脚も死も結果に過ぎない。男にとってはどちらでもよかったのだ。

この突飛な思いが私の中で膨らんで、やがて確信に変わり、とにかく一度行ってみようと思った。どんな場所で、土で、木で、草で、風景だったのか見てみたい。たとえそれが意味のない残滓であっても。まさか男は私を待ってはいまい……。

喘ぎながら薄暗い林を抜け出ると、突然視界が開けて深い崖に出た。山が口を開けた。迂回する道を求めて左に顔を向けた時、前方の崖の上に一本のヤマザクラが咲いているのに気がついた。凛として真っ白な花を咲かせ、静かに、沈黙の結晶のように緑の中に浮き立っている。

私は感動のあまり鳥肌が立った。見えている！　今たしかに視覚に捉えている、同じ存在の中にいる。

美しいと思った。今何かが私の中を訪れていると感じた。

私はこの樹が、谷間を渡る風のように忽然と消えてしまうのではないかと心配になった。しかし、それは消えなかった。冷たい白装束の女のように依然として静かにたたずんでいる。

周囲には剝き出しの黒い岩や、萌え出ようとする黄色味を帯びた灌木、みずみずしい緑の葉、風に吹き曝されて葉脈のように斜めに走る灰色の枯れ枝、そして不思議な沈黙。

「充分だ」

そう思った。あるいは聴こえた。これ以上行って空虚な森を見て何になる。男はすでにいない、時の彼方へ消えてしまった。

すぐに、今のは自分の思ったことなのか、外から聴こえた声なのかと疑った。風の音？　軋む枝のうめき声？　ただたしかに言葉だった。言葉、心の中の言葉、谷の奥から聴こえてくる永遠の言葉……。

汗ばんでいた体が急速に冷え始めた。私は確信した。彼はやはり満ち足りて幸福だったのだ。

私は戻ろうとして数歩下りたが、もう一度立ち止まって振り返ってみた。やはりあれはいる、見える、私を見ている。

「幻だ、あれは山のアヤカシだ……」

思わず心の中でつぶやいた。

無論、こういったことがいつも起こるわけではない。先に述べたように私の病気と関係していることで、感覚器官がおかしくなる時に森の中で樹や草の視線を感じるような不可解な現象が発生する。もう長い間私を悩ませてきたので、今ではだいぶ慣れてしまった。

これから私はその奇妙な病気についてお話ししようと思う。もし何百万人かに一人でも私と同じ病の人がいて、多少なりともその人の参考になるならば喜ばしいことだ。今思い返すと、古いことは細部が壊れて忘れてしまっているが、私自身もう一度ここまでの軌跡を洗い出して点検してみたい。一般の人にとってはいい暇つぶしにでもなれば幸いだ。私の経験上、暇つぶしというのもけっこう大変なことだから。

二、生い立ち

私は埼玉県のW市で生まれた。名前は浅村崇史といい、今年で二十九歳になる。

この名前については一つの記憶がある。

幼い頃の一時期、名前と自分との間に乖離が起きて困ったことがあった。それまでは生まれ落ちた瞬間には生と死が一致していたように、名前と自分とは一致していた。記号と本体は疑うことなく一体であった。しかしある時点から二つの同一性が断ち切られ、失語症のように名前が意味不明なものになった。文字という視覚においてだけならまだしも、音声に身体が反応しなくなると問題だった。名前を呼ばれても条件反射しないので状況から判断するしかない。するとこの自分というものが何なのか分からなくなり、未知の黒い塊に思えて恐怖が湧いてきた。夜の森に出ていた夜鳥が帰還すべき巣を見失うようなもので、不安という闇を果てしなく漂った。

幸いそんな状態は長く続かず数日で元に戻ったが、刻み付けられた恐怖は記憶として残り、それ以降二つの間には薄い膜ができてしまった。いつ頃のことだったか記憶が定かでないのだが、後の病気と関係していたことはたしかだろう。もしかするとよくあることで、心理学的に何かの名称が付いているのかもしれないが。

W市は東京近郊の、通勤時間と住居費の兼ね合いが絶妙な典型的なベッドタウンだった。街はほぼ住宅とそれを支える商店でき上がっていて、駅の周辺をスーパーや小さなデパート、家具屋や個人商店や不動産屋がひしめき合い、それ以外はひたすら住宅ばかりが増えてゆく。そのうち小学校や消防署も備えた巨大な団地ができて、しょっちゅう祭りや何かのイベントをやっていた。

一言でいうと無秩序で中途半端、どんどん田園風景がつぶされて人ばかりが増える歴史の欠けた猥雑な街だった。

それでも今は懐かしく想う。ただ人口が増えるというだけで人も街も妙に興奮していたが、あれはあれでいいものだった。人の減少し始めた地域を歩くと、何か老人の午後を想わせる。歴史や伝統を感じるということは、すきま風が吹くことでもある。

私の家は父と母と二つ違いの兄の典型的な核家族だった。つまり両親とも遠くにふるさとを持っていた。今は私が四国にいて兄はニューヨークにいるので、両親は好きなように家を改装してそれぞれの趣味に没頭している。期待していた兄が外国へ行ってしまうと後はどうでもよくなったようだ。

山口県出身の父は、第一子に期待を込めて博文と名付けた。地方の人間は（特にあの地方は）地元意識が強い。その名のおかげかどうか、兄は学校でもよく知られた秀才になった。何しろ新設された高校から東大に行った第一号になったのだから。そのうえサッカー部の主将も務めていたから、周囲からは少々嫌な奴だったと思う。

彼は自分の名前なんかには全く興味を示さず、それどころか日本にも興味がないようで、さっさとニューヨークに行ってアメリカ人と結婚して帰ってこなくなった。私たちは慣れないウェディングにぞろぞろ行くハメになったが、驚くほどきれいな花嫁だった。世界は広い、父は相当に驚いたようで、一言も異議を唱えず、兄に感想を聞かれると「アメリカ人はすぐ太るぜ」と、聞かれたらタダでは済まないことを口にしていた。それは杞憂だったようで、兄嫁は今でもほっそりした知的美人で二児のママになっている。

それに比べると私は、母の胎内から兄が才気を吸い尽くした後の出涸らしだったようで、何をやっても凡庸だった。代々が優秀な血統ならいざ知らず、トンビが鷹を生むと一方は相応の帳尻合わせをさせられるらしい。とにかく勉強が嫌いで、強制されると腹の底からイライラとマグマがたぎってきて、隕石でも落ちてこいと呪わしくなった。

兄はテレビを見ながらずっと机に向かうという信じられない芸当ができた。ものすごく真剣にテレビに没頭しながら問題を解いていたので、私は一時期「こいつはロボットじゃないか」と疑ったものだ。

私が勉強嫌いになった象徴的な例がある。

算数の問題で『ライオンが川へ行って一〇リットルの水をバケツに汲んできます。一往復するのに二〇分かかります。五〇リットルの水を運ぶにはどのくらいの時間がかかるでしょう？　また三時間では何リットルの水を運べるでしょう？』というのがあった。

私はその問題が全く理解できなかった。なぜならバケツを持って歩いているライオンなど見たことがなかったから。ライオンじゃこぼすだろう、そんな長い時間運ぶと疲れて嫌になって止めるはずだ、と考えてしまう。兄は「一〇、二〇、五〇、三、数字だけが大事だ」と言う。それだと世界は数字と記号でできていることになり、そんなのは嘘だと思うような子だった。だからバカにされてよくイジメにも遭った。兄は頼みもしないのにそっと仕返しにいっていた。詳しくは分からないが、かなり冷酷な脅しをするようで、大概の子供は恐がって私にかまわなくなった。気の毒なくらいに怯える子もいて、逆に私が心配になったくらいだ。

両親は長男が東大に入ったことに舞い上がっていた。いつも近所の人に兄のことを聞いてほしそうな顔をし、時にはこちらからそれとなく仄めかしたりするので恥ずかしかったが、私のことはまるっきり放任だった。たぶん自分たちが大した学歴でもないから触れたくなかったのだろう。「博文は特別で、崇史が本来の私らの子ですよ」などと嫌味な引き合いに出されるので、私はずっと早く家を出たいと思っていた。

残りの三人と比較してたしかに兄だけ異質だった。だから今でも、彼はアメリカに行くほど、ちょっと孤独だったのではないかと思うことがある。

ただ私は私で家族の誰も知らない秘密を抱えていたのだ。当然こっちの方が自分としては深刻で、その後の成長にも大きく影響したと思う。それはすっきりと晴れない梅雨の空のように、いつも微妙な影を落とし、雷鳴を孕んで私を脅かし続けた。

最初に異変に気づいたのは小学校二年生の遠足の時だったと思う。

その日は四月の薄曇りの日で、私たちは埼玉の森林公園に来ていた。まだたくさんのサクラが残っていて、私には一面に広がる霞にしか見えなかったが、その上に突き出ているツガやモミの巨木は対照的にくっきり迫ってきていた。

最後尾を歩いていた私は、天を突き刺す木々の先端をずっと見ていた。一歩歩くと一歩揺れて近づいてくる。雲と交差するその塊は大きな命の揺らぎ、巨人の群れに見えた。引き込まれるように見つめていると、空が次第に低くなってきた。降りてくる雲と昇ってゆく緑……それらが重なった瞬間、私の頭の中が弾けて真っ白になった。風景は消え、――あるいは空気のように透明になって――何かが音を立てて私の中を通り抜けていった。触れていった。それと同時に鳥肌の立つような快感が全身に広がった。

それは一瞬のことのように感じたが、けっこうな時間だったらしい。私はその間、倒れもせずに硬直したように突っ立っていたのだ。呆然と、時間を旅する人のように……。

「崇史君！」と、いきなり肩をつかまれた。

「どうしたの？　気持ち悪いの？」

ぎょっとして振り返ると、眉間にシワを寄せた女担任が事務的な顔で覗き込んでいた。少し離れた場所では級友たちが遠巻きに見ている。私はそれを見てやっと自分がどこにいるのかに気がついた。

先生は少し怒ったようにじっと見ている。私は今の出来事を説明しなければと思った。彼女は驚き、私の背中をさすりながら心配するだろう。

しかし、担任は黙って私の手を引いて皆の所へ連れていってしまった。そして最後尾から先頭の彼女の横に私を置いて、またぞろぞろと何事もなかったかのように移動を始めた。

この一連の光景を振り返ると、私がこうしたことで問題児になっていたのはもっと前からのようだ。何しろ八歳の時のことだから記憶もかなり曖昧になっている。木と空と先生の顔と、そしてあの心臓を裏からつかまれたような冷たい快感——それは一種の幸福感だった。その感覚は強く私の心の印画紙に焼き付いて、夜布団に入ってからも見えない何かに耳を澄ますように、固まったまま長く寝つかれなかった。

この出来事は私の奇行の中でも特に目を引いたらしく、数日後に担任は家にやってきて、しばらく母と面談していった。

「実は崇史君のことで」と前置きをして、次のようなことを遠慮がちに語った（と、後に母が詳細に教えてくれた）。

幼い児童は成長とともに各人各様、様々な特徴が表れてくる。学業と並行して情操教育にも充分な配慮が必要で、学校もできるだけ家庭と連絡を密にしてケアに努めている。ご子息は活発で順調な成長が見受けられるが、二、三気になる点もあり——と、先日の遠足の様子を中心に、その他に目に付いたことを伝えた。特に持病や医者にかかっていることはないかと確認した後で、「必要以上に心配なさることはないが、隠れている発達障害の例もあることから、双方でより慎重に様子を見守って参りましょう」と、どこか含みを残すように話を締めくくって帰っていった。

母は驚いたという。今まで落ち着きのないのは気がかりであったが、そんな放心状態はうかつにも見落としていた。しかもフッと魂の抜けたように固まる――担任の言い方はそう聞こえた――というのは、何か重大な疾患が潜んでいるのではないかと恐怖が湧いてきた。

担任の帰った後、母は言葉を選びながら優しく私に質問してきた。表情とは裏腹に、探るような目が笑っていないのを見て、さすがにこれは普通ではないと感じた私は、懸命に答えようと努めた。……でも、あれをなんと説明すればいいのだろう？　空が降りてきたなどと口にするのは危険だと本能的に察した。自分でも本当にあったことなのか、もう懐疑的なのだ。夢と現実を混同しているのかもしれない。

母の目にはうっすらと涙が滲んでいた。それを見ると私はとても悲しく申し訳なく、恐ろしくなった。自分も涙を浮かべながら、でも言葉が見つからず黙ったままだった。母は執拗に粘っていたが、やがて諦めると頭をなでて離れていった。

この日から、私は普段と変わらぬ生活の中に、いつも両親の視線を感じるようになった。親としては当然であろうが、このことは私を畏怖させた。家にいても学校へ行っても、黒い監視の目があるようで落ち着かない。私はやはりあれは恐ろしいことなのだと思い込んだ。今後は引き込まれないよう用心し踏み止まらねばならない。そして、そんな姿を決して人には見られまいと誓った。

その後もこの奇怪な現象は形を変え、時を置いて現れた。主に春先と秋口に出ることが多く、それは四季のうちで誕生と消滅の時期であった。そう考えるのは思い過ごしで、実際には寒暖の変化が作用しているに違いないのだが、考えてもみてほしい、年端もゆかぬ子供が親にも秘密で気味の悪い現象に心を痛めているなんて。自分にだけ幽霊が見えるようなものだ。だから恐怖という言葉もあながち大げさではないのだ。

ただそれは周辺部（対外的）だけの恐怖で、核心には不思議な快感があった。いったんそこに達すると、糸の切れた凧のように解放されて時空をさ迷う。混沌、無秩序でありながら全き調和……。半ば失神した状態で硬直しているのだが、この半ばというのが私の場合の特徴だった。必ず昏倒することなく半分はこちらの世界に足を置いている。それはまさしくサクラが在ることだけ分かって見えないのと同じだった。

発症のきっかけとなるのは、近所の神社にある鳥居の奥だったり、学校の花壇に咲くチューリップの列や、街の屋根々々の上に広がる夕方の空だったり様々だった。それらはたまたまそこにあっただけのことで、私の変化とは無関係のようだ。連続していた日常がふと重なり合って真空状態になり、その時目の前にある風景が変質し透明になるのだ。

家族で兄のサッカーの応援などに行くと、汗ばむ陽光の中で子供たちが躍動するのを見ていて情けなくなった。私だけが南の空に黒雲を見るのだ。自分だけに見える黒雲、自分だけを目指してやってくる雷鳴。

そんな状況が中学を卒業するくらいまで続いた。幸い今日まで人前で卒倒するには至らず、親にも隠し通せたが、あの一瞬に快感がひと巡りすることを考えると、これは間違いなくてんかんに類した症状であったと確信している。以来、私はこれを「発作」と呼ぶことにした。名前を付けることで物事はより明確に客観的に把握できるものだ。幸運だったのは症状が完全に意識を失くすほどのものではなく、遮断された外界の景色がガラス越しに見えていることで、何かのきっかけで自分から正気に返る術があることだった。

中学生になると毎日が恐怖に変わった。万が一にも級友の前で倒れる醜態を演じたなら、おそらく自分は生きていけない。そのため不安を打ち消すように努めて陽気にふるまい、時には周囲が唖然とするほど軽薄にはしゃぎ、やがて反動が来てしばらくは憂鬱に沈み込んでしまった。浅瀬に打ち上げられたり深みにはまったりを繰り返し、最後はぐったりしてしまうのだ。

弱ってしまうとからかわれたり、陰湿なイジメにも遭ったりしたが、そんなものは何でもなかった。「バレなかった！」という安堵感と、明日がまた来る憂鬱とをかみしめながら毎日眠りについた。

同じ体験をしても、それが思春期であればより深刻に、雨の前夜に月が妖しく膨らむように大きく感じるものだ。鼻をつく錆びた酸味のする危険な時期なのだ。私は降り続く狂暴な雨を必死に耐えた。

一度だけ本当に意識を失ったことがある。幸い自分の部屋で寝る直前だったから事なきを得たが、倒れ込んだベッドの上で夜中に目を覚ました時の冷たい感触は、今も忘れることができない。本当に墓場の中で息を吹き返したような気分だった（それでもその冷たさは深奥に快楽を秘めていた。――墓場の快楽、絶対の静止という快楽）。

氷の入った水を一気に飲んだ瞬間に分からなくなったので、それ以来、私は飲み物を一息に飲むことはしなくなった。

それが高校に入ると不思議にピタリと治まった。明らかに私の中に変化が起こり、何かが静かに退き始めた。あれだけ恐れていた発作の予感は消え、私の内部は暴風雨を抜けた船、高熱から回復した病人のように白けた平静さになった。隆起していた黒い海原が滑走路のように凪ぎ、振幅の激しかった心電図が横線に収束してゆくような感じだ。そして代わりにすべては平凡で退屈になった。夢の中の現実から実際の現実世界へと移行したような感覚だったが、それはおそらく私の肉体的な成長とも関係していることで、激しいひたすらな成長から緩やかなピークへと差しかかったためだろう。遅い夜尿症の終焉と似ている。

そして気づくとまわりの世界は年相応に性の疼きに溢れていた。仲間の大半は食欲の次は性欲でいっぱいになり騒いでいる。それは私も同じだったが、なぜか彼らほどには熱くなれなかった。嵐と一緒に性欲を半分削がれたみたいだ。妙に白けた薄膜が自分と現実との間に残って、早熟な男女の形成するグループなどは私には遠いマンガの世界に見えた。夢から覚めてみると現実世界は鈍重な時が正確に刻まれる、より物質的で、外界の激しい変化に比べて内部が停滞した世界だった。私の期待した世界ではなかった。

そのためちょっとした浦島太郎の気分になった。

三、初恋

それでも高校二年の時、ある女の子としばらく付き合ったことがある。その子は同じ中学の同級生で、数学の先生の娘で、かなりの美人と有名な子。一度も同じクラスになったことはなく口をきいたこともなくて、東京の超難関校へ進学した子だった。

私がその子を知っていたのは、彼女がまわりから浮いていたからだ。美人であることは誰もが認めていたが、なんというか彼女にはいわゆる華がなくて、かさついていて、特に男子には人気がなかった。ずば抜けて勉強ができて、男に興味がなくて、色気がほぼ皆無となると、男子にはきれいな馬が歩いているようなものだ。男はほどよくバカで、男にしか興味がなくて、色気だけが取り柄のような女子が好きなのだ。彼女はどことなく蒼い草の香りのする筋肉質の少年を想わせた。それが私にはサクラを連想させるフェティシズムな魅力を感じさせ、秘かに惹きつけられた。

夏休み前のある日、駅前の本屋でばったり遭遇した。文庫コーナーの角で鉢合わせしド

キッとした。子供が無遠慮に人を見つめるように黒い瞳でじっと見てくるので、思わず引き返そうとすると、

「浅村君」と呼ばれた。

驚いた。怪訝な顔をしている私に彼女はニッコリ微笑んできた。

「僕のこと知ってるの？」

「知ってるよ。二中にいた浅村崇史君でしょ。君は有名人だったからね」

ますます驚いた。どう考えてもあの頃の私は非主流派で影の薄い存在だったのだ。少なくとも自分では魔法瓶のように外部との間に真空地帯を設けているつもりでいた。「本屋さんによく来るの？」と訊かれたのをきっかけにしばらく立ち話をしたが、彼女は相変わらずフェミニンな香りがしない。それはあの頃、孤独にならざるを得なかった私とどこか似た空気を連れていて――はるかに陽性だったが――私たちは急速に打ち解けていった。手にはその辺の女性雑誌じゃなく箱入りのハードカバーを持っている、それもまた気に入った。

「コーヒーでも飲みにいかない？」と誘ってみると、意外にも彼女は少し頬を赤らめて「いいですよ」と答えた。

「僕のこと知ってたなんて驚いたなあ」

コーヒーショップの隅に向かい合って座りながら、少し浮かれた気持ちで私は言った。

「だって君はよくふざけて騒いでいたから。私はあんなに悲愴な顔をしてはしゃぐ人を初めて見たわ」

ギクリとした。同時にひどく落胆もした。やはりこの女は変わっている。一見すると美しく魅力的な顔をしているのに、温かみのある母性を感じさせないのだ。女の部分といってもいいが、まだ高校生とはいえ何かが欠けている。ただ別に冷たいわけではない。冷たいという能動的な感情すらこもっていないから、この子にはこれが普通なのだろう。二年経ってもやはりどこかに硬質な少年を匂わせる。それが逆説的により女を感じさせ、すぐに倦怠を予感させる多くの性別的な女よりはるかに私の心を乱した。禁断の少年愛に通じるあの妖しい危険な香りだ。

一緒のクラスになったことも会話したこともなかったが、私はいつも彼女を見ていた。しかし、彼女にとって私は記憶の端を飾ることもない存在と思っていたから、合わせ鏡のように後ろから私を見ていたとは驚きだ。そのことに少なからず動揺した。

「気にしないで。私はちょっと変わってるってよく言われるから。人と違う所によく目が行くのよ」と、私の表情が退くのを見て彼女は捕足するように付け加えた。

その後の会話はあまりよく憶えていない。たぶん元いた二中や互いの高校生活について話したような気がするが、私は少しばかり憂鬱になっていたし、何しろ古い話だ。都内の難関校と地元の二流校ではアンフェアでもあり、印象に残るような会話も成立しなかっただろう。おそらくどうでもいいことをしゃべっていたと思う。一つだけよく憶えているのは、彼女が奨学金をもらって海外の大学で勉強したいと夢を語ったことだ。目をランランと輝かせてではなく、そうするしかないような言い方だった。

その日をきっかけにその後も二人で会うようになったが、間近で見る彼女は細くて美しかった。私の視線は白い首筋や微かな胸の膨らみをよくなぞった。必ずその膨らみに達するとその先へ進もうとしても固い反発にあった。そこでいつも止まってしまうのだ。そんな時、私は彼女を全裸にしたい衝動に駆られた。衣服をすべて剝ぎ取り、強く押さえつけてみたい。その時どんな表情をするだろうか？　驚いて泣きそうになるか、怒りに燃えるか、悲しい顔か、それともクールで軽蔑に満ちた眼か。いやそのどれでもない、手ごたえのない透明な感じがする。何かに似ている。そう、サクラだ……。彼女の体は必ず女でなければならず、同時に少年でなければならない。独立していて強く気高く、同時に欠陥を抱えて官能的でなければ……。

自宅に戻るとベッドの上でそんな空想を繰り返していた。私たちはどちらもちょっとチグハグで、いつも凶暴な人間に囲まれている異邦人だった。

実際にはそう頻繁に会えるわけではなかった。彼女の勉強の質と量は私の想像をはるかに超えていた。何しろ、ごくたまに映画を観て、お茶を飲んで、三時間もいたかと思うと、

「楽しかったあ！　久しぶり、こんなに遊んだの……」

と言うのだ。

彼女によると「知りたい」という欲求が抑えられなくなるとスイッチが入るのだそうだ。それは芸術家のいわゆるゾーンに入るのと似ていて、短時間に様々なことが結びつき爆発する。一個の機械になったように没頭し我を忘れてしまうのだ。そうなると連絡もなくなり当分は姿を現さない。

私はこの上もなくおもしろいと思った。世の中にはこんな人もいるのだ。まるでジキル博士とハイド氏だ。つまらない遊びに楽しさを擬態するよりよほど気が利いている。

彼女がそのラマダンから明けて出てくると（その時はもう元の彼女に戻っていた）一緒にいて無条件に楽しかった。辞書を引いても意味のつながらなかった英文も、まるで絵本のように読み解いて教えてくれる。独学でラテン語の勉強をしているくらいだから、実際に高校生の英文なんて絵本みたいなものだろう。昔の森林公園での体験を話すと、同情してユングとフロムの本を貸してくれた。フロイトなら名前くらい聞いたことがあるが、そんな心理学者や『自由からの逃走』という本など初めて知った。借りた本は読んでもほとんど理解できなかったが、彼女の解説を聞くとおもしろくて、私は自分も頭がいいと錯覚した。

驚くべきことに、彼女はそんな秀才の自分をすごいともなんとも思っていない。私がギターのコードを習ったり雑誌をおもしろがったりするのと同じレベルで見ているのだ。それが私には闇夜のヒカリゴケのように輝いて見えた。

初めてキスをしたのは次の年の春休みだった。彼女の部屋でモーツァルトのピアノソナタ第八番を聴いていた。もう夕方近くだったが、夕方というのは奇妙な時間だ。あってもなくてもよい薄明の時間。二人は転がり続けるピアノの音を追いながら、別々のことを考え、別々のことを考えていなかった。

肩を抱くと両手で私の胸ぐらをつかむようにして、軽く押し返した。小さく震えている。キスの後「君はいつも私を裸にしたいと考えてるでしょ」と小さく言った。

高三の冬に一度だけ私たちは愛し合った。窓の外に冬が満ちていて二人は初めて全裸になった。かつて夢想したように押さえつけはしない。いつも止められたその胸の膨らみを、優しくなぞる。私が触れると彼女は目を閉じ軽くあごを上げる。薄く開く唇が美しくて何度も唇を重ねた。接合はしない。ちょっと孤独な私たちの存在を生々しい本能に転化したくはなかった。たとえ、つかの間の夢想でも。

その後、彼女は予定していた未来がきたように淡々と留学していった。たぶんもう会うことはないとどちらも思っていた。

私たちは必要な時期に必要な分だけ会い、そして完結した。

今、彼女はスペインの大学で教えているらしい。南欧の光と空気は、きっと彼女を優しく自由に包み込んでいるのだろう。

四、大学時代

大学に入ると私はひたすらアルバイトに明け暮れるようになった。両親は、あまり裕福でもないのに兄弟を大学に行かせているのだ、甘えてばかりもいられない。ミツバチのように遊ぶ学生たちを羨ましく思いながら、よく一人で職場へ向かったものだ。

チェーン店のイタリアンレストランが主だったが、その他に本屋の店員、工場の季節工やプールの監視員、週一で家庭教師などもやった。レストランと家庭教師は軽食が出るので非常に助かった。

アルバイト先には同じような境遇の学生もけっこういて、彼らとは仕事の後よく遅くまで話し込んだり、たまに遊びに出かけたりもした。地方出身の学生で真面目な奴が多かったが、今でも付き合いがあるのは大体その時の連中だ。その頃の私はワンルームのアパートを借りていたので、深夜はよく溜まり場になっていた。

大学の広場はけっこう見ものだった。妙に興奮したようなのからうつむき加減の者まで、本を抱えてまっすぐ歩いている者にトボトボと疲れて歩く者と様々だった。騒いでいるのは私たちと同じ一、二年生が多く、三年以降はもう目は外に向いていた。バイト組はその中間にいるようなものだったが、どこに属していようがもうすぐピークを迎える若さを前に、やるべきことがあるようでないようなもどかしさは共通のようだった。

私は広場のミツバチを眺めながら「悲愴な顔をしてはしゃぐ」と言われた中学時代を思い出した。あの頃の自分は蒼い顔をして飛び続けねばならない不具のミツバチだった。集団を強制される暗い最後の年代だったのだ。それらが個々にバラけた今、ベンチに一人で座っている自分は、大学という巣箱に小さく間借りしているカブト虫のような気がしていた。

当時借りていたアパートの隣の部屋に、三十代半ばくらいの独身女性が住んでいた。

彼女は私が入居する前から少し広い角部屋を占めていたが、近くの中学校の教師をしていると言っていた。決して美人ではないが、ある種独特の魅力ある顔をしていて、よく見ると小顔なのだが、目鼻、口元の造作が大きく、特に目は黒目も含めて大きかった。そのため顔全体も大きい印象を与え、初対面の者にはハーフではないかと思わせる。そして首から下はメリハリとボリュームのある熟れ切った女の匂いを発していて、それも日本人離れした感じを与えるのだが、十九歳の私には充分に大人の魅力的なおばさんに見えていた。何の科目を教えているのかは知らなかったが、運動部の顧問をしているらしく、颯爽としていて年中白っぽい服装をしているから余計に日焼けして見えた。

こういった外見から、淡白で爽やかな印象を最初は持ったが、隣に住んでみると意外な彼女の顔が見えてきた。この人は夜間にちょっとした物音を立てるとけっこう文句を言ってきた。明るいうちは多少の大音量で音楽を流してもうんともすんとも言ってこないし、本人もシャンソンなどかけて陽気に過ごしているのに、暗くなって一定の時間になると別人のようになるのだった。

最初は知らないから宵の口に数人で声高に騒いでいたら、甲高い強めのノックの音がした。――チャイムではなくわざわざノック……。そして鬼の形相で、しかも低音で下から響く魔法陣の呪文のような声で叱責された。私も背後から顔を向けていた仲間もゾクリとしてやや縮み上がった。

その後も、このくらいは許容範囲と思われる生活音にも、時には指摘を受けた。さすがに節度を保とうとする様子は窺えたが、どのくらい感情を抑えているのかと想像すると恐ろしい気がする。そのため、生真面目な私たちはまるで忍びのように談話していたのだが、

それでも気晴らしに数人で飲みに出て戻ってきた時など、

『階段の上り下りはお静かに！』

とドアに貼り紙されていた。

「ちぇ、うるせえな！　誰かやっちゃえよ！」と言う奴もいたが、もちろんそんな末恐ろしいことは誰も実行できるわけがない。ちょっと異常と思える神経質さで、私たちは彼女のことを「ナーバスなカマキリ」と呼んでいた。

彼女は貼り紙をしていることも多く、あまり顔を見ることがない時は余計に謎めいて不気味だった。そのくせ朝には「おはよう！　昨夜はうるさく言ってごめんね」と明るく元気に言ったりするので、わけが分からなかった。

「なぜあんなにうるさいのだろう？」

ある晩、居酒屋で一人が言い出した。

「音の感じ方に個人差があるのは分かるけど、あれは異常じゃないか？」

「聴覚過敏症じゃないのか？　たまにいるんだよ、聴き取れないくらい小さな音が気になる奴がさ。ひどいのなんか蟻の足音が我慢できないっていうぜ」

「それは精神異常だよ。でも本当にそうなら気をつけた方がいいぜ、騒音のトラブルで刺されたケースは腐るほどあるからな。そういう奴は信じられないような小さな生活音に文句をつけてくる。オレたちも浅村のとこに寄る時は気をつけないと、いつぶち切れて暗がりからグサッと……」

「まさか！」

「でもそれに近いかもな。この間の夜、帰りに公園で酔いを醒ましてたらあの先生が入ってきたんだ。泣いてたんだよ。ふらっと猫みたいに入ってきて『わッ！』と一分ほどしゃくりあげて出ていった」

「怖ぇー！　それさ、きっと男だろ、逃げられたんだよ。あれじゃ無理もないな。ひょっとしてまだ処女かもよ。年増の処女は怖ぇぞ、血が鬱屈していて……」

酔って好き勝手なことを言い始めたのでちょっとヒヤリとした。ここは地元だから店内にいないとも限らない。どこかに彼女の怒りの視線があるような気がした。

でも泣いていたのなら大丈夫だろう。女は汗をかくように泣く、賢い浄化作用だ。

それから数日後の雨の夜だった。私は近くのコインランドリーで偶然彼女と一緒になった。後から入ってきた私に気づくと軽くピントを合わせるような目をして見上げたが、すぐに読んでいた本に顔を戻した。すでに私のことなど眼中にないようだ。魂は本の中の彼方をさ迷っている。一瞬表紙が見えたが『カラマーゾフの兄弟』を読んでいた。

他に客がいないので、洗濯が終わるまでしばらく二人きりになった。彼女はこの洗濯機の騒音の中で、大柄な体を折り曲げ、がっしりした顔の中の大きな日を糸のように細くして無心に読んでいる。洗濯機のふざけた物音も今なら全く気にならないようだ。バカげた話だが、この間の居酒屋の会話を思い出して、包丁でも持っていないかと少し落ち着かなくて無意識に警戒していた。

時折、外で車が跳ねる水音を聞きながら、乾燥機の中で回転する彼女のパンティーをぼんやり眺めていると、ふとドストエフスキーがひどいてんかん持ちだったことを思い出した。高校の時にあの子が「君の症状と類似点がある」と興味を示していた。私はてんかんではないと苦笑したが、その作家の本を挑むように読んでいる。

いろんな物音がしばらく耳についていたが、そのうち慣れて気にならなくなった。女はじっと動かない蛾のように身動きもせず読んでいる。次第に神経症の女とてんかん持ちの作家がこの部屋の中を漂っている気がしてきた。

『この人は何を考えているのだろう？　どこをさ迷っているのだろう？』

話しかけてみようかと思ったが、『コインランドリーではお静かに！』と貼り紙されそうなのでやめた。

人を少しでも知るというのは難しいことだ。路上で肩が触れただけで殺し合いをする男たちもいるが、その裏には互いの幼年時代や家族が存在することには考えが及ばない。遠い異国の悲惨な死などは、残念ながら目の前の洗濯物より重要ではないのだ。人は自分を中心点として時間的にも空間的にも意外と狭い範囲を生きている。関わりを持てるものはごくわずかだ。袖振り合うも他生の縁というから、私たち二人はひょっとすると前世で同じ池にいたミジンコとミドリムシかもしれない。

洗濯が終わると彼女は無造作に袋に詰めて、黙って私の前を通り過ぎて出ていった。

さらに数日後の夜、またノックの音がした。

ドキリとしたが今は静かに本を読んでいるから文句の言われようはないはずだ。

ドアを開けるとほんのりピンクがかった顔の彼女が立っていた。

「今、暇？」

とぶっきらぼうに言って中を覗き込む。

「本を読んでいました。……ページをめくる音がうるさかったですか？」

彼女は鼻で笑って、今飲んでるんだけどちょっと付き合わないかと言う。あまりの予想外な申し出にポカンとしていると、苛立たしげに顔を歪め、

「大丈夫だよ、刺しゃしないよ！」

と声を荒らげた。その一言で私はうつむいてしまった。

『ヤバイ！　聞かれてたんだ……』

彼女は自分の部屋のドアノブに手をかけると、威嚇するようにじっと私を振り返った。この時は冗談ではなく『本当に殺されるかもしれない』と思った。

数分後、私は吸い込まれるように彼女の後について玄関をくぐった。中へ入るとほんのりラベンダーの香りがした。

「適当に座ってて。私はブランデー飲んでるけど、何がいい？」

「あの、もう少し弱いお酒でお願いします……」

「じゃビールでいい？」

「あっ、それでけっこうです」

真面目な話、いざという時には脱出できるようにしておかないといけない、そんな強い

酒を飲んでる場合ではなかった。

　落ち着かないままソファに座って、辺りを見回しながら待っていると、部屋が恐ろしく殺風景なのに気がついた。間取りは私のより一部屋多く小さなリビングも付いているのに、物がほとんどない。二人がけのソファとガラスのテーブル、後は本棚と小さなベッドだけで机すらなかった。本棚にはマルセル・プルーストやカミュが並べてある。無論ドストエフスキーも……。

　それも全部で十冊ほどしかなかった。

「はい、お待たせ」と言って、おしゃれな金属製のビールグラスと缶ビール、ナッツとチーズの盛り合わせを運んできた。内側が黄金色の高そうなグラスだった。

「ビールよく飲まれるんですか？」

「飲まない」

　間を持たせるつもりで聞いたが、素っ気ない。

「プルーストとか読まれるんですね。けっこう難しいものお読みになるんですね……」

「グラスも本も私のじゃないからね」

「なるほど……」

そうするとこのビールも、もしかしたら私のためにわざわざ用意してくれたのか？――何かしゃべろうとしたが、もう次が出てこなかった。彼女は悪童を職員室に呼び出した生活指導のように言葉少なだ。私は観念した。

「あのお……この間、居酒屋にいらっしゃいました？」

彼女は笑い出した。それがいい笑顔だった。何か一気に距離を縮めてくれるような人懐っこい笑顔だ。

「あそこのおかみさんと友達なのよ。元は教え子の父兄だったんだけど妙にウマが合ってね。私は狂人じゃないから『グサッ』と刺したりしないから安心して」と、彼女は両手で刺す真似をした。

冷や汗が出る。これはとにかく謝っておくに越したことはないと思った。

「酔っ払って好き勝手に失礼なことを言って、すみませんでした」

「いいのよ。こちらこそ今までうるさいこと言って悪かったかなと思ってね。それでちょっとお酒でも飲ませておこうと思ったのよ」

彼女はこの物の少ない部屋と同じようなサバサバした調子で続けた。基本的に教師というものに対してアレルギーを有していた私は、訪れた部族の中に言葉の通じる者を発見した探検家のように、一気に明るい気持ちになった。

それからは打ち解けた軽やかな雰囲気になり、会話もあちこちと飛んで盛り上がった。彼女は酒にめっぽう強いのか、ほぼビールと同じペースでブランデーを飲む。飲みながら笑うと、さらにペースが加速するようだった。それでもさすがに少しずつ上体が揺れ始めた。どんな連中が私の部屋に来ているのか、特徴を聞いては笑っていたが、だんだんに返事が間遠になってきた。

「いつもこんな連中が大人数でいたから、僕らも気づかないでうるさくしてたと思いますよ。すみませんでした」

と、おどけて言った時には、うつむいたきり反応がなくなった。眠ったのかと思っていると、

「うるさいのは私の頭の中よ……」

と、彼女はなんとなく寂しそうに暗い隣の部屋を見ながら言った。そういえば来た時から仕切りのふすまは開けっ放しで、隣は電気も消えている。最後の言い方がため息のように聞こえたので、少し腑に落ちない思いで横顔を見つめていると、いきなり、

「君たちはずいぶんアルバイトをしてるようだけど、みんな貧乏なの？」と、今思い出し

たという風に話を変えた。

　貧乏という、普通は遠慮するストレートな言い方に、いささかむっとした。しかし、元来の男っぽい性格と高度数のブランデーのせいだろうと思いなおして、

「遊んでいて大丈夫というほどは裕福じゃないだけですよ」と皮肉を込めてなるべく冷ややかに言い返した。

「恥じることはないのよ。……私も……昔はひどい貧乏だったわ。君らにはなん……とでも変えられる若さと時間があるんだから、がんばれ大学生諸君……」

　どうやら励ましてくれてるらしいが、だいぶ回ってきたらしく話に一貫性がなくなってきた。吐く息からもブランデー独特の匂いが拡散してこもり始めたが、当然であろう。

　次第に彼女の顔は蒼ざめてきた。不思議なことに目は先ほどまでどんよりしていたのが、だんだん鋭くしっかりしてきた。体はよほどフラフラしているのに意識は逆行して醒めてきたようだ。蒼い額に汗がにじみ始めたので、これは吐くなと思った。

「大丈夫ですか？　お水持ってきましょうか？」

　彼女はその言葉には反応せず、私の腕をぎゅっと握った。驚くほどの力で、爪が食い込んだので『血が滲んだな』と思った。

「頼みがあるんだけど……私は……もうすぐ眠ると思うのね…………そしたら、悪いんだけど、カギ締めて帰ってくれる……ドアポストに放りこんどいて……それまでいてくれる……」

彼女は走り終えたメロスのように切れ切れにブランデーの息を吐きながら言った。やがて意識を失うように崩れると眉間にシワを寄せてイビキをかき始めた。少し呼吸が速く苦しそうなので、ベルトの穴を三つほど緩めたが、さすがにブラジャーを緩める勇気はなかった。吐き戻して喉に詰まらせないか心配だったので、二十分ほど様子を見守ったが、すぐに呼吸は健やかな寝息に変わった。かなり泥酔しているが、飲み会の経験上、危険な眠りではなさそうだ。それで毛布を肩までかけて静かに出ていった。

カギを落とすとドアの内側でグシャと潰れた金属音がした。

翌日学校から帰ると、管理会社の社員らしき若い男性が忙しそうに角部屋を出入りしていた。玄関口に清掃道具らしきものを置いてあるので驚いて「お隣さん引っ越されたんですか?」と声をかけてみた。

「ええ、何か事情があるようで突然出ていかれました」と言ってメーターや器具を点検し

ていたが、ふと手を止めると、

「あのう、こちらにいた方と何かトラブルになることはありませんでしたか？」と聞いてきた。

「別にないですけど」

「そうですか……ならいいんですけど。いやね、愛知の方へ引っ越したみたいだから言っても大丈夫だと思うんですけど、この人は前のアパートでもトラブルになってたんですよ、物音がうるさいと近隣に文句を言うらしくて。それで親族から相談を受けて、学生さんの多いここに入れたんですが、ご迷惑なことがあったら申し訳ないと思って。この人、婚約者を交通事故で亡くして、それが夜間だったんで夜になるとおかしくなるらしいんですわ。昼間は普通のようなんですけどねえ……まあ、よそへ行ってくれてよかった」

彼女との縁はこれでお終いだったが、その日は仕事をしながらも、あのコインランドリーでの姿が頭から離れなかった。

彼女は闘っていたのだ、自分を傷つけ滅ぼそうとするものと。その中には無論、婚約者も入っている。夜の、やっと眠りに辿り着くまでの時間は彼女にとっては恐怖でしかなく、それが悲しみに落ち着くまでには相応の時が必要だ。あの時話しかけておけばとも思うが、そうしたところで何が変わるわけでもない。重荷は助けてくれる人がいれば分散されるが、いなければ時間に頼るしかない。自分にだけ見える黒雲に怯え、荒々しくせずにはいられなかった彼女には、ドストエフスキーのてんかんが必要だったのだ。人には時として全くの麻痺というものが不可欠なのだ。麻痺の中に永遠の幸福が潜んでいないと誰に言えよう。

大学時代を振り返ると印象に残っている人物がもう二人いる。どちらも私の部屋に集まってくる学生の一人だった。木口と西村という、一見正反対に見えてどこか似通っている男たちだ。

木口は北海道から来ている苦学生で、元はW大の法学部に籍を置いていた。しかし家計が苦しくなって続けられなくなり、他の大学の夜間部に鞍替えして、働きながら司法試験を目指している硬骨漢だった。そのため私たちの中では誰よりも切実にアルバイトをしていた。髪を短く刈り上げ、いつでも仕事に入れるように常に簡素な服装をしていたので、どこかひと時代前の学生を連想させる。来ると大体、話の聞き役に回って豪快に笑っていたが、多忙な日常と睡眠不足のせいで、目は少し腫れぼったくて興奮気味に鈍く光っていた。

彼はほとんど酒を飲まなかったが、飲めばかなりいける口のようで、一度酔って延々と朝まで宗教や哲学の話をされたことがある。どうもやや酒乱の気があり、酩酊すると人が変わったようになって制御がきかなくなる。だから酒を飲む時は周囲からそれとなく警戒されていた。ただ本人もそれはよく自覚していて、また限られた時間を無駄にするのが嫌なようで、大体舐める程度にして早めに帰ることが多かった。彼が帰ると私たちはホッとする。と同時にかわいそうな気がした。木口ほどではないが全員が大なり小なり苦学生なのだ、その大変さはよく分かっている。息抜きの酒も飲まないで独り机に向かったり、夜勤に出かけていったりする彼を想像するとちょっと後ろめたくなった。

「木口はよくあんなにがんばれるよな……」と彼が帰ると必ず誰かが埋め合わせをするように言った。

その彼とはある忘れられない会話がある。いつかの晩、めずらしく木口を残して皆が帰ったことがあった。二人ともTシャツを着ていて、どこかでコオロギが鳴いていたから、たぶん八月の終わりか九月上旬のことだったと思う。東京にもコオロギがいるんだなと木口は言った。

「北海道には真冬でもコオロギが鳴いている場所があるんだぜ。山奥なのに、火山の地熱のせいでそこだけ雪が積もらず、春みたいなんだ。虫の天国だな。なんかそういうのって安心しないか、誰も知らない桃源郷があるみたいでさ」

「木口がそういう気持ちになるのは分かるよ。ほんとよくがんばってるからな」

「バイトのことか？　そんなのは何でもないよ。ま、貧乏だからしゃーない。……親父が借金抱え込んだからな。バカだから親友の保証人になってさ、そいつは負債残して逃げちまったんだ。人間ていざとなると逃げるんだな、平気で裏切ることができる。さすがにまるっきりのバカじゃないから、なんとかなる範囲の限定保証にしてたからまだよかったけど。そいつの娘はオレの同級生だったんだ。明るい子だったよ。今どこにいるのか知らないけど、逃げる時どんな気持ちだったんだろうな」

　木口はつまらないことでも口にするように言った。

「それよりおもしろい話があるんだ。オレさ、子供の頃にかまくらの中で倒れたことがあるんだ。中で炭をおこして干し芋を焼こうとしてな、友達は出たり入ったりしていたが、オレは焼く係でずっと中にいたのさ。そしたら気分が悪くなって、外へ出て空気を吸ったとたん目の前が真っ白になって意識が飛んだ。一酸化炭素中毒だったんだな。真っ白に見えたのは倒れた時、雪の中に頭を突っ込んだからだ。気がついたら畳の上に寝かされて、何か苦い薬を口の中に差し込まれて顔を激しくビンタされてた。意識が戻ってもお袋が鬼の形相で叩くから、唇が切れて血が出たよ。危うく死ぬところだったんだ。で、その時にな、実に不思議な体験をしたんだが……あれを臨死体験というのかな、なんていうか存在の裏側に立って存在を見ていたんだよ。よくいう幽体離脱とかじゃない。もう自分ではなくなっていたし、花畑や三途の川が見えたわけでもない。ただ何者でもなくなって、非存在から存在を眺めていた。それ以上説明のしようがないんだが、その時この世界のすべてが分かった。何をどう分かったのかは憶えていないが、分かったという記憶だけ残った。あれはオレの宝になったよ。あれ以来死ぬことが怖くなくなったし、どうなっても不安がなくなった。だからバイトなんて屁でもないし、明日乞食になっても平気だ」

木口はそう言うとむっつり黙り込んでしまった。もう一度記憶の細部をつつき起こそうとしてるらしい。

私は全身に冷たい鳥肌が立った。

『まさに自分が発作の時に触れる感覚と同じじゃないか。臨死……』

そこで思考が固まってしまった。あれと死を関連付けて考えたことがなかったから、その先へは進めない。

『あれは、あれに触れることはやはり病気なのだ。どれもこういう尋常じゃない状態で出現する。一種の精神異常、ドラッグで幻覚を見るのと同じことだ。……でも、実はあれが隠された真実だったら、あっちが本当だったら……』

ハチが一つの花のまわりをためらいながら飛ぶように、考えが浮ついて全くまとまらない。

「大丈夫か？　お前、顔色が悪いぞ」

木口は驚いたように私を見て言った。

結局私はその時、自分の体験を話すことはしなかった。話すには気味が悪すぎて、それによって新たな災厄を招きそうな気がしたからだ。ずっと後になって、木口が司法試験に受かり、私が会社を辞めた時まで黙っていた。今では木口は弁護士として活躍していて、四国にいる私を心配して時々連絡をくれている。おそらく彼は、こんな会話をしたことなどもう忘れているだろう。それは私の中にクサビのように打ち込まれ、まるで彼から引き継いだ記憶のように居座り、周期的に巡ってくる惑星のように甦っては鈍く輝くのだった。

余談だが、その頃、私は同じ大学の女子学生から宗教の勧誘を受けたことがあった。その娘は実家が建築事務所の関係で工業大学にいる数少ない女子だったが、ある時「折り入って話したいことがある」と言ってきた。少々暗い感じの子で、付き合ってくれなんて言われたらどうしようと躊躇したが、結局大学の近くの喫茶店で待ち合わせをした。

開口一番「○○宗ってご存知ですか？」と切り出した。聞いたことのある教団とほぼ同じ名前だったのでそれを伝えると、「あれは邪教だ」と例証を挙げながら口汚く罵り始めた。それでやっとこれが宗教の勧誘であることが分かり、私はのっけからうんざりさせられノコノコ来たことを後悔した。

彼女はまわりに聞こえるのもかまわず、自分の苦しみがいかに今の宗派によって救われたかを滔々と語った。

「人間関係がことごとくうまくいかなくて、特に親友だった子と仲たがいしてからは体調までおかしくなった。毎日がつらくてつらくて、死にたいとまで思いつめていた時、ある人から入信を勧められたの。『あなたの苦しみはすべて前世の因業から来ているから、自分一人の力ではどうすることもできない。そこから抜け出すためにはひたすら信心するしかない』と言われてね、最初は半信半疑だったし、もし変な宗教だったらと怖かったわ。でも思い当たる節もあったし、すべてがこんなに悪い方へ悪い方へ流れてゆくのは、何か自分以外に原因がある気もしてたの。それで一度試してみることにした。やってみて嫌ならやめればいい、強制はしないと言うので、ひたすらお祈りしてみたわ。そうしたら、本当に不思議なんだけど、あんなに重くのしかかっていた自分の中のどす黒いモヤモヤが消えて体も治ってきたの。自分の考え方のよくなかったところや、何でも人のせいにしてたことも見えてきて恥ずかしくなったわ。その後も続けているといろんなことが好転してきて、親友から謝りの手紙までもらった。もし信仰に出会っていなければ、今の自分はないと思う。そして遠くからあなたを見ていて、これは縁のある人だと思ったの。私と同じように何かを抱えている、だから……」

途中で口を挿もうとすると被せるように勢いづいて、こちらにしゃべらせてはくれなかった。仕方ないのでなるべく目立たないよう、適当に聞き流すことにした。

本人が救われたのであればけっこうなことだ。同時に私には大きなお世話であった。前世といううさんくさい言葉が出た時点でもうダメだった（そのくせ割と自分でもその観念を弄んでいたのだが）。

彼女の話が作り話でないなら、いかにうまくもっともらしく洗脳されていったかがよく分かる。なぜそんな簡単な手法に引っかかるのだろう。歯がゆさと多少の心配も感じたが、それこそ彼女には大きなお世話だろう。

まあ、当人がよければそれでいい、私にとってさしあたっての問題は、冷ややかに事の成り行きに耳をそばだてている隣のカップルと、こんな茶番を見せている自分の立場だった。

私は早く切り上げようと思い、自分は無宗教であること、信じるなら教義を押し付ける宗教よりも自ら悟れという禅宗の方がまだしもだ、というようなことを適当に並べ立てた。するると彼女は秘密でも打ち明けるように声を落として、

「禅宗の開祖の達磨は、死ぬ時に苦悶に顔が歪んで地獄に落ちた」と言い出した。

もう限界だった。私は反論するのもバカらしくなって、とにかく拝み倒すようにして外へ連れ出した。奢るといって呼び出されていたが結局私が支払うことになり、それも含めてその日は一日中気分が悪かった。

気になったのは私が彼女の注意を引いていた点だった。私は街を歩いていてもよく声をかけられる。「あなたは今幸せですか?」と聞いてくるので、面倒だから「とても幸せです」と答えることにしていたが、どうして目を付けられるのか不思議だった。それほど憐れな魂に見えるのだろうか? 私自身は彼らから遠い位置に立っているつもりだが、相手

にはそう見えないのかもしれない。ひょっとするとあのてんかんの感覚と宗教とには相通ずるものがあり、それがフェロモンのように引き寄せているのだろうか？　だとすると『神は側頭葉にあり』という言説もあながちデタラメとはいえない。究極の宗教は究極の発作において垣間見る。

よく見ると大学の中にも宗教の勧誘に熱心な学生がたくさんいた。宗派も人も様々だったが、皆フェロモンを求めて宗教という大木に集まってくるカブト虫に見えて仕方なかった。

一方、西村は神戸の資産家の息子で、我々貧乏学生には羨ましい金に苦労のない境遇だった。私と同じ大学で建築家を目指して勉強していたが、彼は休日にも働く必要がないので、よく一人で寺院のスケッチなどに行っていた。夕方の街角で、めかしこんでクラシックのコンサートに行くのを見たこともある。あまりに余裕のある、またサイクルの違う生活状況に、最初のうちは私もバイト仲間も彼を敬遠していた。金持ちはただそれだけでも目障りな上に、彼は色が白くて細身のちょっとした色男だったので、私たちは須磨の光源氏と呼んでバカにしていた。バカにしてはいたが、心の奥の羨望は誰の目にもありありと表れていた。

　私が西村と親しくなったのは、彼が連れていた女のせいだった。真希という、明るくて聡明な、けっこう気の強いところのある美しい恋人だ。

　男女の関係をよく太陽と月にたとえるが、よほど相性が合うのかいつも一緒にいる。一緒にいると二人ともいっそう穏やかで優しかった。こういう本体と影法師のような関係は、結束が固いぶん人目を引いてからかいの対象にもなりやすい。まわりの連中には何かと冷笑的な態度をとる者もいたが、私は不思議な感銘を受けていた。二人はそろうと一対の陶磁器のように静かに輝いて見える。特に真希は不思議だった。一人の時はそうでもないが、西村の側にいると古代の彫像のように非常に中性的な相貌を帯びてくる。本人は気づいていないけれど、まるで室内にくすんでいた磁器が陽の光を受けて内側からぼうっと色を出すように変化するのだ。その美しさに西村は惹かれたのだろうが、同時に私の心も惹いた。私はそれを見たいがために三人で会う機会を待ち望んでいて、それ以外ではさして会いたいとは思わなかった。

　西村が初めて私のアパートに顔を出した時、先に言ったように居合わせた連中は少々邪魔者扱いにしたが、彼は細かい気配りができて腰の低いところがあったので割と早くに溶け込んだ。特に木口とは気が合うようで、よく二人で話し込んでいた。側で聴いていると彼がかなり本を読んでいることが知られ、その豊富な知識で次第に尊敬を集めるようになった。また彼は来るたびに我々には買えそうもない手土産を持参するので、意地汚い話だがそういう点でも人望があり、姿が見えないと誰ともなく「西村は？」と聞いたりしていた。

ただそういう表の印象とは別に、少し深く接してみると用心深く人と距離を置き、一定以上は入れさせない冷たい強さも持ち合わせていた。蜃気楼みたいに一歩近づくと同じ距離だけ遠のいていく。そのため熱く膨らんだ彼への気持ちがしぼんでしまうことが間々あった。

それは後で知ったのだが、彼が庶子――つまり妾の子であるという生い立ちから来ているようだった（なぜか私にだけその出自を語ってくれた）。

彼の父親はかなり乱暴な男で、引き継いだ会社の資産や不動産を何倍にも大きくしたが、その分遊びも派手であちこちに女を作っていた。特に性に関してはまるで節操がなく、一種の病気であり、そのために熱心に仕事をするようなところさえある。とにかくマメで、あれでは仕事を二重に抱えているのと変わらない、と陰口を言われるほどに精を出した。

本妻にしてみればたまったものじゃない。でも、愛人が一人であれば嫉妬も燃え上がるが、ここまで来ると経済的な痛手がなければどうでもよく思えてきて、とにかく子供だけは作ってくれるなとだけ言って後は諦めてしまった。それだから西村ができた時は大騒動になったらしいが、なぜかこの時だけは堕ろせとも言わず母子を守った。このことが後々の西村の性格に微妙に影を落とすことになった。最終的にできた子供は（用心したせいか）本妻との間の異母兄姉と彼の三人だけだった。

西村は女性に好かれていたが、どこか毛嫌いするように避けていた。その理由も、そして東京に来てなぜ私たちのようなグループに入り込んでいるのかも、話を聞いてなんとなく理解できた。彼は間違いなく母親に似ているのだ。貧しい家庭で育った母をとても愛していたが、やはりどこかで憎んでいる節もあった。

夏休みになると頻繁に真希を見かけるようになり、そのぶん三人で会う機会も増えた。西村は神戸には帰らず、旅行に出かける以外は大学の図書館で過ごすことが多かったので、必然的にそこが三人の集合場所になった。

「夏休みの大学は閑散としてていい」と言う。将来は建築家として大成して、海外でもたくさんの仕事をしてみたい、そのためなら今のすべてを犠牲にしても全く惜しくない、と夢を語った。真希は静かに聞いている。夏の強い日差しを背景に、木陰の中で揺れて感じる白い顔は、どこかモネの「日傘をさす女」を想わせた。

『光に魅せられた巨匠には、物体は様々な光を載せて反映する広大な自然のカンバスだったのだろうな……』

大学二年の夏はまだのんびりしていて、私たちもそんなロマンチックな気分でいられたのだった。

ところが大学三年の夏に、跡継ぎだった兄が突然病死してしまった。姉はすでに嫁いでいたので、それまで実母と二人で暮らしてきた彼は後継者として引き取られることになった。かなり揉めたようで、しばらくは神戸へ帰ったまま戻ってこなかった。一ヶ月ほどして帰ってきた時、西村の顔は苦渋に満ちていた。穏やかな態度や話し方は変わらないが、いつも何かに気を取られているようで、談笑していても不意に痙攣したように顔を歪める。そのうちアパートにも来なくなり、どこかへ行っているのか大学でも見かけなくなった。

彼がいなければ真希も姿を見せない。私は二人がどこか遠いところへ行っているような気がした。まさかもうこの世にいないということはあるまいが、外国旅行でもしていそうだ。事実イタリアに二人で行ったと証言する友人もいて、それも一週間ほどのことでかなり前らしいから、今は都内のどこかにいるか国内の旅でもしているのだろう。連絡しても返事がないので一度訪ねてみたが不在だった。それ以上は深く関わる気になれなかった。言ってみれば、たかが跡を継ぐか継がないかの話である。就職のために毎日あくせく走り回っている私たちに比べれば、先の心配もなく余裕で旅行している男の感傷にいつまでも付き合ってはいられない。最近は会うと誰もが殺気立って就活の情報交換ばかりしているのだ。就職活動は行うほどにその厳しい実態が見えてきていた。

年が明けて二月の風の強い一段と冷え込んだ夜、突然西村がアパートを訪ねてきた。ちょうどいつものメンバーがそろっていて、相変わらず就職の話をしていたが、そろそろ飽きがきていたので皆喜んだ。

「久しぶりだな！　もう大学辞めたかと思ったよ……すげぇ日に焼けてるな、ハワイにでも行ってたのか？」

西村は真っ黒に日焼けして無精髭を生やしていた。

「山へ行ってたのさ……あれ、木口は？」

「まだバイトだよ」

「そうか……オレ、あいつの言ってた山に行ってきたんだ」

そう言いながら、けっこうな量の北海道土産を並べ始めた。木口には申し訳ないのだが、彼が時たま買ってくる土産物に比べると明らかにランクが上のものや見たことのないめずらしいものが多い。皆色めき立つと同時に木口がいなくてよかったと思った。

西村は木口の話していた『真冬でもコオロギの鳴く山』へ行ったと言う。テントで一泊したから雪焼けしたのだそうで、目のまわりのゴーグルの跡だけ色が薄くなっていた。

「行ってよかったよ。兄貴が死んでからいろんな所へ行ってみたけど、あそこはオレにとって意味のある場所だったよ。センチなこと言うようだけど、なんかその人その人に合う磁場みたいなものがあるのかな……ほら、突然何もかも捨てて辺ぴなとこに移り住む人がいるじゃない。根本的にその人に合う場所が地球上にはいくつかあるんだな。それは美しい自然とか人とかの問題じゃない、まわりのことは偶然なんだ。地の果てのような外国かもしれないし、都会の見過ごすような片隅かもしれない。あそこのコオロギは運がよくて住んでるんじゃない……運とか環境とかの外的な要因じゃなくて、なんかもっと違う理由で……でも、それを言葉にするとただ『居る』としか言いようがないんだけど、そこに存在として存在しているというか……」

私は息を止めて聴いていた。その言葉は木口の時と同様に私の中の何かに触れた。

『……ただ居る……』

　しかし他の連中には金持ちのたわ言としか聞こえなかったようだ。

「結局、神戸に帰ることにしたの？」

「そうだな」

「それがよく分からないな、あんなに東京で建築家になることを目指してたのに。会社の後継者なんか、別に親族でなくてもいくらでもいるだろう？　君の場合は財産に未練はないのだし、彼女と母親の三人で暮らすという強い夢があるなら、卒業まで面倒を見てもらって、その後に自立する方が幸せじゃないのか？　従わないと絶縁されるわけじゃないんだろ？」

「いや、オレなら西村と同じで跡を継ぐな。今時どこの会社もいつ潰れるかリストラされるか分からないぜ。リストラされる側よりする側だよ。最初から地位も金もあって、そこからスタートの方がやりがいのある仕事もできるし」

「でも西村はそういうタイプじゃないだろう。静かで堅実な生活の方が……」

　と、てんでに思い思いの意見を述べ始めた。重苦しかった就活の話題からの一時的な気晴らしになるので、しばらくは無責任に盛り上がった。

西村は関西の人にはめずらしく神経質なくらい方言を封印していたが、今夜は笑いながら端々で使った。それがもう彼の決意が揺るがないことを物語っている。「真希はどうしてる？」と聞いてみたが、「彼女も今は就活で忙しいからな……」とはぐらかされ詳しいことは分からなかった。

大学最後の一年はまたたく間に過ぎていった。失われた十年といわれた経済の負の嵐はやっと底を脱したばかりで、まだ失われた二十年の途上にあった。幼い頃に感じた世の中の乱痴気騒ぎは見る影もなく、少し前の先輩の中にはいまだに契約社員のままで生活の不安定さに苦しんでいる人がいた。「生まれる時代は選べないからな……」と、会えば不吉な呪いのアドバイスをくれる。運よく正社員にもぐりこめた者も、今でいうブラックな労働環境に疲弊しているのがザラだ。だから私たち貧乏学生は必死だった。

朝、重たい空気の電車に乗って会社訪問に出かけると、新宿駅付近でサラ金のティッシュ配りをしている、育ちのよさそうな新卒らしき人をよく見かけた。洪水のように押し寄せる人波に戸惑いながら、流されないよう懸命に耐えていた。私はその都度、見ないように下を向いて通り過ぎるのだった。

そんな中、西村一人が圏外にいる。一度、真希の通っている大学の前を偶然通りかかった時、正門の前にたたずむ彼を見かけた。おそらく一人だけ根無し草のようで不安なのだろう、つかまる杭でも探しているように悄然と女を待っている。私は声をかけるのをためらった。彼は彼で時流に流されているのだ。完璧に思えた陶器に小さな、黒い亀裂が生じた……。

西村は卒業と同時に神戸へ帰っていった。

帰る前に一度、私を横浜のレストランに招待してくれた。それまで足を踏み入れたこともない高そうな店で、居心地の悪い思いをしながら私はロボットのようについていった。彼なりの惜別の宴をしてくれるつもりらしい。

料理はさすがに旨かった。「どう？」と聞かれたので「すごく美味しかった。ご馳走様でした」と答えたが、一部は味が薄くて缶詰の方が旨いと思えるものもあった。

「そう、じゃまた誘おうか？」と言うので、

「いや、もう充分。オレなんかは飛び散るのを気にせず食べる安い所の方が食った気がする」と言うと声をあげて笑った。

「オレもこういう所は好きじゃないんだ。この辺の店は毎晩山のように残飯を捨てているんだぜ。その日の飯にも困る者がいるというのに……ふざけた話だ」と、彼にしてはめず

らしく感傷的なことを口にした。

「上の階にバーがあるから行こう」と言うので、食後はそこへ移った。

　高層階の窓からは横浜の夜景が一望でき、昼間は埃っぽい港町がロマンチックに滲んで見える。中でも大輪の花火のような観覧車がひときわきれいだ。そのためか女連れが多く、私たちは明らかに場違いな感じを与えるようで、時々ボックス席から視線を投げかけてきた。

「ここに来ると神戸を思い出すよ。震災でだいぶ痛めつけられたが、もうかなり復興してきた」と、窓ガラスに顔を近づけながら西村は言った。ガラスに映る顔の向こうに遠くのビルの航空障害灯が赤く点滅して、赤い血の脈動するもう一人の人間が向かい合っているようだ。

「あの時は小学生だったから怖かったぜ。友達が何人も死んだんだ。前の晩に一緒にゲームをしてた奴がさ、突然消えてもう見ることもできない。あの日の朝は寒かった、食うものもなくて空腹でただただ震えていたよ。オレはここに来て夜景を見るたびに『こんなの夢だ。何もかも簡単に一瞬で消えてしまう。オレたちは夢の中を歩いているんだ』と思うのさ。オレが東京で暮らしたいのも、関西弁を話さないのも、親父が嫌いなせいもあるが神戸が辛いからさ。……まだ辛すぎる。元気になった街や人々を見ると余計に辛くなる……」

西村はどこか寂しそうだった。それっきり黙ってしまって、明日にでも旅立つ旅行者が最後の夜を惜しむように、じっと外を見たきり動かなかった。

夜の横浜はどこかの小説家が言ったような、闇夜の悲哀を運んでくる汽笛も、異国情緒の漂う火焔樹の香りもなかった。ただ眼下にチマチマと信号が点滅して、コンクリートをカモフラージュするイルミネーションが酔った眼を刺激するばかりだった。

「昔な……」と、しばらくして口を開いた。

「一度だけ親父が動物園に連れていってくれて、肩車されたことがあるんだ。すぐ近所にいてウロウロしてるのに、たった一度だけだよ、ひでぇ話さ。余計にその記憶がトラウマになっちまったよ。……あんな父親でもオレには一人しかいないからな、子は親を選べないのさ。半分はあいつの血が流れてるし……。それに、オレも母もあいつに命を救われてるんだ。オレたちが生きていられるのも、あいつのおかげのところがある……」

私には彼の気持ちが分かる気がした。自分には当たり前すぎる父だが、彼には、幼い少年には、渇望し恋い焦がれる対象だったのだろう。真希や母親の向こうにいつも父親を見つめている。たとえ気まぐれであろうと抱きあげてくれた記憶は、心の奥深くに刻み込まれて、愛憎、寂寥を織り交ぜて彼を支えていたに違いない。

それから長い間私たちは黙ったままだった。潮が満ちては引いていくように、しゃべることがあるようでまた消えてゆく。未来が燦然と輝く力の満ちたものに思える時もあれば、限りなく暗鬱なロードの延長に見える時もあるのと同じだ。それに照応して過去の様相も変化するのだが、不思議と現在は空白だった。

この接点の空白が人より増幅しているところが私の病の特徴だ。

あまりに沈黙が続いたので西村は笑い出して、

「いろいろ世話になったな」

と、一区切り付いたという顔で言った。

支払いはテーブルでブラックカードだった。サインをしながら店員に代行車の手配を依頼する西村を見て、私は別の意味で少しブルーになった。――金のある者は些細な思いやりを示すだけでも颯爽として見えたりするものだ。

真希とは間もなく別れたようだ。あの二人が別れるのだからよほどの事情があったのだろう。想像だが自分でもいびつと感じている家庭環境に、純な彼女を引き込むのが忍びなかったのだろう。そういうところには冷徹な強さを持っている男だ。

つどっていた連中も卒業を迎えそれぞれに選んだ道へと散っていった。私もやっと採用された中堅の電気設備の会社に就職し、エンジニアとして働き始めた。

五、真希

四年が経った。

相変わらず私は同じ会社で働いている。この間に同期が数人辞めていった。私が今続けているのは大学時代にひたすらアルバイトをしたおかげだ。卒業前に抱いていた夢や意気込みや思い込み、生意気な世界観や実社会に対する憧れは、徐々に現実の前にその場所を譲っていった。当たり前だが社会は我々の都合で動いているわけではない、最後は自分たちがどう折り合いをつけていくかだ。社会人となって舞い上がったチリは、四年の間に再び積もり始めて、すべてはなるように落ち着いてきた。

慣れてゆくに従って私は少し内向的になっていったと思う。依然として自分と世界との間には薄膜が意識されていたが、これはおそらくあの発作の時に現れた剝き出しの世界をいまだに引きずっているせいだ。あの関係こそが現実に思えて、現実がどこかフィルムを見ているように希薄に感じる。齢を重ねながらまた昔に逆戻りしている気がした。

　それはちょっとまずいことでもあった。病気の心配もあるが、何より電気という仕事の性質上、取り扱いには細心の注意と集中力を要する。一つのミスや処置がとんでもない事態を引き起こし、莫大な補償にもつながりかねない。仕事中は他のことなど考えてはいられないのだが、皮肉にも集中している時に限って、まるで他人の頭のように勝手に映像や観念が浮遊した。

『分裂症とかではないだろうな？　……そういえば今は統合失調症に名前が変わったんだっけ……』

　そんなことを考えながら、少し肌寒くなり始めた十月の昼下がり、私は九段下の坂を靖国神社に向かってブラブラ上っていた。

　巨大な大鳥居が見えてくる。晴れ渡った秋の空に先端がくっついて下から支えているようだ。樹々はまだ紅葉前でくすんだ緑色をしていて、所々に黄色味を帯びてきた葉が陽に輝いている。

　いつかこれと同じ光景を目にした。……そう、二年前の春だ。今日と同じく得意先からの帰りだった。私はその時めずらしく靖国神社に立ち寄った。春と秋の違いはあるが、その時の気候も樹々のくすみ具合も空の様子も似ている。紅葉とサクラの違いがあるだけだ。

あの日、参拝を終えて拝殿を後にしようとした時、一人の高齢の男性が右手に杖をつき、左腕を若い女性に支えられながら中門をくぐってくるのが見えた。人の動く境内の中でそれだけが独立したように私の目を引いた。老人は痩せ衰えていて、小さな一歩を刻むのさえ必死の体だった。喘ぎながら、少しずつ、カラクリ人形のように汗もかかず進んでくる。ひたすら鬼の形相で拝殿を見据えていた。

私は樹木を眺めるふりをしながら老人を注視した。すれ違う時、日だけが昏睡から醒めた黒い光を帯びているのを見てゾクリとした。私は一瞬で了解した。この人は今、七十年前の世界にいる。というより生まれてからの弱冠二十年がこの老人にとって実の世界で、その後は虚像なのだ。彼の時は七十年前で止まっている。このひどく老いさらばえた人間は、懸命に実の世界に帰ろうとしている。何かが彼のまわりをとり囲んでいる気がして、うすら寒いと同時に私の目に自然と涙が滲んだ。

無論、私のこういう感じ方には受容体に問題がある場合が多く、発作を有する人間に特徴的な傾向であったが、人は平凡な実態よりもある種の高揚した虚構がより真実に感じる時がある。

歩道から秋の樹々を見上げてそんなことを回想していると、突然前方から歩いてきた若い女が「浅村君！」と声をかけてきた。

真希だった！

真希だと分かるまでにしばらく時間がかかった。無理もない、最後に見かけてから四年以上も経っている上に、長かった髪も思い切り短くしている（それがハッとするほど似合っていた）。さすがにはち切れんばかりの若さは影を潜めているが、引き締まった大人の女の美しさがあった。以前より目元がきつく少し疲れを含んでいるようで、相変わらず中性的な美しさだ。

「真希！」

私は思い出せない人の名を確かめるような間の抜けた声を出した。自分でもあまりに気持ちと声のトーンが違うのに驚いた。いろんな感情が一気に詰まるとそんな寝ぼけた反応になるらしい。

「すっかりビジネスマンしているのね。こんな美人が前を歩いているのに気づかないようじゃ、出世しないぞ」と彼女は笑った。

「髪切ったんだね」と危うくつまらないことを言いかけてやめた。すっかり雰囲気が変わっていて分からなかったと伝えると、

「スーツを着ているからよ。でも髪型はなかなかいいでしょ。……ふーん、お互いにちょっと老けたかなあ」と、相変わらず勝気な感じのくりくりした目を上下させて笑う。

にわかに秋の街並みが華やいできた。私は西村のことも気になっていたが、それ以上に真希のその後が気がかりであったので、思わぬ再会に気持ちが一気に浮き立った。西村のことに触れないように注意しながら、つい興奮気味にあれこれと近況を尋ね合う。彼女の目を細めて独特の陰を作る笑顔は昔のままだったが、どこかに厳しい事態を乗り越えた人が持つ人為的な強さのようなものが感じられる。それが社会人としての経験からくるものなのか、あらためて四年の歳月を思わせた。

久しぶりにゆっくり積もる話でもしようと、彼女の提案で夜に新橋で会う約束をして別れた。別れ際に手を挙げた時、左手の薬指に指輪が光っているのが見えた。

真希が指定した店はサラリーマンでごった返す、古い造りの居酒屋だった。ＯＬ風の娘たちもいるが、圧倒的に客はおっさん連中である。その中に一人交じって飲むこともあるというので驚いた。

「居酒屋のサラリーマンて、酔って愚痴をこぼしているだけと思われがちだけど、どうしてどうして、なかなかのものよ。この中に紛れ込んでいろんな話を聞いていると、詳しい業務や職種は分からなくともビジネスの現場が見えてくるわ。仕事の動き方、人の気持ちや受け止め方、意気込みや失望、喜びや情報の伝わり方など、無機質な仕事を取り巻く人々が浮かび上がってとても勉強になる。私ね、自分の会社を作るつもりなの。だからものすごく勉強している。月一で若手主体の勉強会にも参加しているのよ。いろんな会社の人がいて、人脈作りやキャリアアップに励んでいて、起業を目指す人もいるので刺激になるわ……」

私は驚いた。圧倒されて「へぇェ」と何度も繰り返すしかなかった。まさかあの真希が、ちょっと気が強いがいかにもお嬢さん育ちの女子大生だった彼女が、たった四年の間にこうまで先を見据えて生きているなんて。何が彼女を衝き動かすエネルギーになっているのか、ちょっと不思議だった。

彼女は大手の旅行代理店に勤めていた。起業しようと思い立ったのは一年半ほど前にある老婦人から受けた依頼だという。

その婦人は半年前に夫を亡くしていた。夫は生前ドイツに三年ほど単身赴任していて、緑豊かで美しい街並みや歴史ある建造物にすっかり魅せられたらしい。妻にも見せたいと呼ぼうとしたのだが、あいにく婦人はその時は病気で長く臥せってしまった。そのために予定より帰国を早めたのだが、定年も近いから落ち着いたら二人で訪れようと約束したのだという。ところが、いざ定年を迎えてそろそろという時に今度は夫に癌が見つかり、結局果たせないまま他界してしまった。

「治ったら二人で行こうと最後まで口癖のように言っていたが、それを思い出すたびに涙が止まらなかった」と言う。

「私があの時、病気をしていなければと思うと夫がかわいそうで、自責の念に駆られたの。せめて彼があんなに見せたかったドイツを見てみたい。彼が働いて過ごした場所や建物を訪れてみたい……」

お金はいくらかかってもいいから、自分のような者が安心して旅行できるよう案内してほしいと言う。

何度かやり取りをしながらプランを練っているうちに、その婦人は「あなたに一緒に行ってもらえないかしら?」と言い出した。

さすがにそれはできないので、現地の駐在員をフルタイムで確保し、念入りな計画を立てて、出発の日には休みを取って空港まで見送りにいった。

旅行を終えてから数日後、老婦人は土産を持ってわざわざ礼を言いにやってきた。

「今回のことでは心から感謝している。ついてはお礼の代わりにお客様を紹介して差し上げたい。私の友人に私のような旅をしてみたいという人が何人かいて、彼女たちは今さら混雑する観光地や名所などは興味がないのよ。それよりも素のままのその土地の日常や暮らしや景色を味わえる旅がしたい。老い先の短い身、お金を持ってあの世には行けないから、私のような特別な旅ができるのなら紹介してと言っているの」

この話を聞いた時、びっしり抜け目なく埋まっていると思っていたビジネスの世界に、いくらでも可能性が広がっているのを知った。と、少し長いがこんな話を熱心に語った。

私は彼女の知らない一面を見たようですっかり感心してしまった。酔いがまわって気持ちも軽やかに浮き立ってくる。同時に左手の指輪が私の心を激しく疼かせた。私は懐かしさに浸っているふりをしながら、「そういえば真希はいつ結婚したの？」と聞いてみた。

「えっ？　ああこの指輪ね、これ一万円のイミテーションよ。こういう所に一人でいると酔った勢いで口説きにくる輩がいるからね、面倒くさいから魔除けの印籠にしているの」

その夜、二人は汐留のホテルに泊まった。まるでやっと出逢った恋人同士みたいに互いに抱きあった。

それから私たちは互いの部屋を行き来するようになった。ほとんどは真希が私の部屋に来て泊まっていく。

休日はよく画廊巡りをしたり、青山墓地や東大の校内を散策したりした。二人きりで会うようになって初めて知ったのだが、真希は人混みが苦手で、なるべく静かな所を探して歩く。上野の美術館で有名な絵を展示していると出かけたりもしたが、いつも混雑しているので、小さな画廊や美術館の方がゆっくり楽しめた。

お互い絵に詳しいわけではない、ただ気分で観ている。目の前を様々な色彩が移ろい、それぞれの絵がそれぞれに楽しませてくれた。ごく稀にハッとする一枚に出会ったりもした。そんな絵には決まって作者の痕跡が見当たらない。たしかに絵具は塗ってある、線も引いてある、しかしこちら側にいる画家が見えないのだ。他の絵には作者の感興や苦心や情念などが想像できたが、そういう絵はただ存在していた。そして絵の方がこちらを観ている。

「もしかすると将来高値が付くのでは」と思ってもみたが、あり得ないと真希に一笑された。

「崇史（この頃にはこう呼んでいた）はどんな絵が好き？」と彼女は聞く。

「どんな絵？」

「私は月並みだけどゴッホのひまわりが一番好きだな」

いかにも真希の好みそうな絵だと思った。

「僕は……広重の蒲原夜之雪かなあ。ちょっとひまわりに比べたら暗いけど」

「逆よ。蒲原の方がずっと明るくて、ひまわりはどうしようもなく暗いわ。崇史がなぜ蒲原を好きなのか、私にはよく分かる。でもあなたは私がなぜひまわりを好きなのか、きっと分からないと思うな……」

意外な返事だった。起業に燃えていつも強気な彼女からは予想できない言葉だ。私は不思議なものでも見るように彼女の横顔を見つめた。懐かしい陶磁器の官能的な色香がにじみ出ている。

ある夜、真希は食品会社に勤める友人からもらったと言ってワインを二本抱えてやってきた。めずらしいツマミもあるからと袋から出して並べながら、

「さっ、明日は休みだし、今夜は思い切り飲もう！」と妙にはしゃいでいた。

「やけにご機嫌だね」

「だって、このワイン一本一万円以上するのよ。普段は絶対に手に取ることはないわね。私の人脈のおかげだな、感謝したまえ」と、てきぱきと準備してグラスに注ぎ始めた。たしかにいいワインだった。香りがすばらしく、あっという間に一本を空けた。

真希はどこか感慨深そうな目をしてグラスを傾けていた。私たちは部屋で飲む時はテレビも音楽も音のするものは一切消した。それぞれがそれぞれに沈黙の世界を聴いている。いろんな騒々しい神経を痛めつけるものを沈黙が吸収し癒されるのだった。いつの頃からだろう？　……たぶん絵を観て歩くようになってからだ。

しかし今夜は妙に彼女が気になった。めずらしくよくしゃべる。しばらくすると真希は「二年ほどカナダに行こうと思っている」と話し始めた。

「カレッジでマネジメントの勉強をしようと思うの。ずっと前からお金を貯めたり英語を勉強したり、準備はしていたのね。お金は少し親に借金しそうだけど……」

九月の学期に合わせて出発する予定だという。私は少し驚いたが、今夜の彼女の様子に合点がいった。

「そうか……本格的に行動に移すんだね」と私は自分のことのように嬉しく頼もしく思った。淋しくなるが全力で何かにがんばっている人を見ると勇気づけられる。

それからこの計画に花が咲き、ワインを二本とも空けた。それでも足りなくて真希はウィスキーと氷を取りにいった。戻ってくると、

「あの冷蔵庫どうしたの？」と聞いた。

「えっ？」

それは西村が神戸に帰る時に置いていった外国製のものだった。

「だと思ったわ。あんな高そうな冷蔵庫めったに見ないものね」と納得したようだったが、一瞬表情に暗い影が走った。

結局ウィスキーも空になり、二人ともすっかり酩酊してしまった。途中から真希の飲むペースが速くなり、私もそれにつられた格好だった。彼女がこれほど飲むのは見たことがなかった。アルコールには強い体質のようだが、それ以上に自制心が強く、意思のコントロール外に身を置くことを極端に嫌っていたのだ。

私は朦朧としそうな頭の隅で、真希を見つめる部分だけが眠らない目覚まし時計のように機械的に働くのを感じていた。明らかに私の知らない真希がそこにうごめいている……。何かを過去から引っ張り出して、責めさいなんで審判を下している。

突然真希が抱きついてきた。激しく私を押し倒し、唇を求めてくる。脱力した肉の重み

が私の胸を圧迫する。服を脱がせて肌を重ねると真希の体は異様に熱かった。身体を絡め合い、うねる肉体を愛撫すると真希は迷子の子供のように泣いた。

眠りに落ちる前に彼女は何かをつぶやいた。

「かわいそうに……あなたも孤独なのね。でも安心して、私の方がもっと孤独だから。あなたのは孤独ごっこ、孤独じゃないから孤独が見えるの。本当に孤独な人は自分が孤独とは思わないわ。本当に孤独な人は、ただ一人、ジーザス・クライストだけよ……」

そう言いながら眠ってしまった。寝言だったのかもしれない。

私はグラグラする頭で真希を抱き、蒲原とひまわりの絵が、それを欲しがる大勢の人の上をヒラヒラ飛んでいるのを眺めつつ、夢の中に落ち着いた。

八月上旬に真希はカナダへ発っていった。私は断られたが成田空港まで見送りにいった。

「誰にも教えてないから来るのはあなた一人よ。これからビジネスをしにいくって気でいるのに、人に見送りなんかされたら都落ちみたいで縁起悪いわ」と何度も繰り返し笑った。

フライトまで三時間以上あった。私たちはラウンジでビールを飲み、展望デッキへ上がった。平日のせいか思ったより空いている。離着陸する飛行機を何機も目で追いながら、二人はずっと黙っていた。日陰のベンチから眺める滑走路は、酔いも手伝って映画のスクリーンのようで心地よい。揺れる陽炎の向こうを、スローモーションのように機体が降りてきてはまた飛び立っていく。降りてくる飛行機は今や想い出となりつつある長い旅路が終わる安心を、発ってゆく飛行機は心躍る新たな冒険を提示しているようだ。

真希が建物の隅へ私を呼んでキスをした。まるで触覚だけが相手を確かめられるかのような長いキスだった。そして「来てくれてありがとう。二年間がんばってくるから……愛してる」と言った。

私はデッキから、真希を乗せた飛行機が夕方の空へ消えていくまで見送った。目の前で速度を上げながら機体が通過する時は、彼女が拉致されていくような奇妙な感覚と興奮に襲われた。空港は感傷的になるには打ってつけの場所だ。しかし去っていく者にはその余韻が長く尾を引くが、見送った方は振り返って無関心な現実に直面したとたん戸惑うように醒めてしまう。

帰りに新橋の居酒屋へ寄ってみた。今夜はうるさいだけの味気ない酒場だった。

部屋に戻ってからも飲み続ける。うたた寝をしながら浅い夢を見た。夢の中で私は大海原にポツンと頭を出した岩礁になっていた。その上を真希や西村や木口や、大勢の人が飛んでいる。飛び疲れると私の上に降りてきて体を休め、また飛び続ける。みんな何かを待ち受けるように飛んでいる。飛び続けるのもしんどいだろうが、海の中は冷たい、凍るように冷たい……。

目を覚ますと室内はエアコンですっかり冷え切っていた。ぼんやり見回す部屋の中は、真希の荷物の分だけ密度が減っている。風邪をひいたようで頭が少しガンガンした。

六、転落

真希が行ってからは単調な日々が続いた。九月も半ばを過ぎたというのに狂ったように暑い。私は数名でチームを組んで新築ビルの電設工事に忙殺されていた。納期が迫ると残業を繰り返し、何日かは現場に泊まり込む。一日が終わると焼酎で晩飯を流し込み、泥のように眠った。疲れが溜まれば体はギプスでもしているように硬くなる。休日には昼頃にベッドから這い出て、トーストを食べてシャワーを浴び、三時を過ぎてから食料品を買いに出る。これの繰り返しになった。

夕方スーパーの袋を提げて帰ってくると、決まって近所の公園でひと休みした。西日を受けた植え込みの陰にベンチと小さな噴水がある。真希と買い物にいった時はよくここでアイスクリームを食べたものだ。砂場にはずっとプラスチック製のシャベルが転がったままになっていた。

ある日、いつものようにベンチに腰を下ろしてゆっくりと空を見上げた。無人の公園は静かだった。垂れ下がった木々の葉が音もなく揺れて、噴水の水音だけが周囲に響いている。目を閉じると体の奥から疲れがにじみ出て気持ちがぼんやりする。自分と晩夏の景色が混ざり合って、夕方の柔らかい空に溶け込むようだ。しばらくは自分の呼吸だけが内側から聞こえた。

少し風が出て噴水の水音が変化した。目を開けて見つめていると、耳鳴りのようにジーンと頭の中が熱くなり始めた。視界が狭まり周辺が薄暗くなる。そして、この閉塞的と思える世界に穴があいて、そこから世界の質が変わって広がり始める……。

私は驚いて体を起こした。失われていた聴力が回復するように街のざわめきが戻ってきた。弱くなり始めた夕刻の光も再び辺りに淀み、汗ばんだ体にTシャツが張りつく。

「発作？……」

一気に胸が冷たくなった。もう十年以上何事もなく、すっかり消え去ったと思っていたのに。この唐突な出現はひどく私を狼狽させた。海洋のプレートが密かにひずみを蓄積していて、リバウンドを始めたような気持ち悪さを感じる。

その夜、私はソファに転がり、水割りを飲みながら今日のこと、それから真希のことを考えた。

ここのところ疲れていたのはたしかだ。……だが、あれは肉体的な疲労が原因とは思えない。契機にはなったかもしれないが、やはりあれは私の中に潜伏している何かだ、癒えたと思っていたあの病だ。それが先回りして待ち伏せしていたのだ。人生においては様々な不幸に遭遇するが、時として運命に待ち伏せされたとしか思えないものがあり、その場合は特に恐怖と打撃が大きい。突発的な裏切りよりも仕組まれた背信の方が傷が深いのと同じだ。

「今頃どうしているだろう……」

今夜は無性に真希が恋しかった。

「真希は強いな」と、何千キロも彼方の空の下にいる顔を思い浮かべながら無意識に口に出した。

自分の場合、こういう感覚の異常な高まりはあまりよい傾向ではなかった。一緒に不吉な何かを連れてきそうな気がする。

暑くて寝苦しい夜だった。いつにも増して寝つけない。部屋の中には遠く近く様々な音が忍び込んでくるのに、自分のまわりは無音だった。やっと眠りに落ちると、私は不思議な夢を見た。奇妙なことに、その時は眠りの境界線を越えるのをはっきりと自覚した。

その夢の中で、私は真っ青な空間を落下していた。前後左右、上も下も果てしなく青くて明るい空間、自分以外には何もない。だから動いているかどうかも分からないはずだが、たしかに私は落ちていた。無限の青の中を落下する……恐怖はなく体も心も全く無感覚だった。やがて自分も青に溶け込んでいき、無になった。

目を覚ました時、私は病院のベッドにいた。父の顔がすぐ間近にあり、「おい、目を開けたぞ！」と叫んだ。隣では母が目に涙をいっぱい溜めている。

一瞬状況が呑み込めず狐につままれたようで、無意識に起き上がろうとすると頭の芯がズキッと痛んだ。まだ夢の中ではないかと疑った。もしかしたら交通事故にでも遭ったのだろうか……。

落ち着いてから父が状況をかいつまんで話してくれた。

私はほんの一晩寝たつもりだったが、実に三日に亘って眠り続けたという。会社から消息を尋ねる電話が親元に行って、二人が部屋を訪ねると死んだように眠っていた。何をしても目を覚まさないので、母は私が死にかけていると思ったらしい。私は救急車でここに運び込まれ様々な検査を受けた。

小一時間ほどして主治医が当惑した顔で二人を呼んだ。両親が「ダメか！」と思い近寄ると、「あれは、ただ眠っているだけです」と告げられたという。検査の結果どこにも異常は見当たらない。脳も心臓も脈拍も、血液も、刺激への反応もすこぶる正常で健康体である。薬物や毒物を摂取した形跡もないことから、原因は不明だがただ前後不覚に熟睡していると思われる。眠りが長引くのは稀にあることなので、もうしばらく様子を見たらいいだろう。それほど心配するには及ばないのでは、という診断だった。そして医師の言う通り、三日目の今日私は目を覚ましたのだった。

大まかな状況は理解したが、何が自分の身に起きているのかは依然としてつかめなかった。どうしても自分には一晩眠ったとしか思えない。もし父の話の通りなら、とても自分は正常ではない。病院に運ばれた記憶もないとは、その間は仮死状態ではなかったのか？私は昔から睡眠に神経質な性質で、些細なことでも目を覚ます方だ。それがいかに健康体と言われても、一日ならともかく三日も眠ったままというのはただ事ではないだろう。

あまりの事態にしばらくは会話することができなかった。

私は父に、部屋に着いた時に何か気づいたことはなかったか、尋ねてみた。もしかすると頭を強打でもして倒れたのではないか、ガス栓や臭いは、戸締まりの状況は……。しかし、答えは概ね就寝前の自分の記憶と一致していた。私はきれいに片付いた状態で気持ちよさそうに眠っていたという。声をかければすぐに起きるとしか思えなかった。細かいところまで見る余裕はなかったが、父の印象では室内に異変は感じられなかったそうだ。

とりあえず私は会社に連絡を入れた。事情を話して暫しの有給休暇を願い出る。さすがに寝ていたとは言えず、適当な事由で申告する。病院にもう一泊し、翌朝、簡単な検査を受けてから帰宅した。その際、医師からは既往症や摂取物についてしつこく聞かれた。図らずも精密検査を受けて脳に異常はないと判明したのがせめてもの収穫だった。

帰宅すると私は室内を隈なく調べた。なくなったものはないか――、人の侵入した形跡は――、電気ガス水道は――、飲食物は――。就寝前に飲んでいたウィスキーは、医師は関係ないと言っていたが念のために捨てた。こうして自分の目で納得いくまで精査したが、やはり異常は見当たらなかった。却ってその分、無人の室内が不気味に思えるのだった。

私は気を揉む母に促されて、ひとまず実家に帰ることにした。母はもっと有名な大学病院で再検査を受けるよう頻りに勧めた。「あの病院も医師も優秀だよ」といくら言っても納得しないので、少し持て余した。しばらくは「手遅れになったらどうするの」とブツブツ言っていたが、日が経つにつれ「私もたまには三日も寝てみたいわ」と軽口を叩くようになり、それ以降はあまりうるさく言わなくなった。

父は何も言わず、ただ困ったような顔をしていた。彼は面倒が起きるといつも黙る人だった。そして成り行きが決まるとやっと重い口を開いて指示めいたことを口にし、あたかも元から達観していたように見せようとする姑息なところがあった。

そんな二人を横目に見ながら、私はこの事態に考え込んでしまった。まず心配したのは、毎朝きちんと目を覚ませるかどうかだ。私はとりあえず目覚まし時計を数個設置した。

それにしてもこんなことは初めてだった。そもそも自分は今まで大病とは無縁だったし、大きな事故に遭遇した記憶もない。平凡でも頑健なだけが私の取り柄であり、ささやかな誇りであったのだ。

あのてんかんに似た症状はどうだろう？　ただ実際のてんかんの症状では意識を失うとしてもごく短時間である、三日に亘って眠り続けるというのはまるで内容が違う。まして自分は完全に意識を失ったことは一度しかない。すんでのところでコントロールできているのだ。おそらく何かが脳に起きているとは思うが、病院での検査で異常がないのだから今はそれを信じるしかなかった。

　変わったことといえば、眠りに落ちる時のあの夢だ。映像もストーリーもなく、青い空間を落ちていくだけの質感のない気味の悪さ。眠りの境界線を自覚したのも奇妙な話だ。あれを境にテレビ画面が真っ白になったみたいで、何か臨死体験を連想させて気味が悪かった。とにかく生活を守るためにも、二度とそんなことが起きてはならない。私は当分実家から通勤することにした。もしもの時は家族に起こしてもらうしかない。

　不安で一時は睡眠不足になった。眠った先がもしかすると翌日ではないかもしれない、これは怖ろしいことだ。眠りは一種の死である、再生がおぼつかないというのであれば眠りに躊躇する。もしかしたら甦らないかもしれない。どんなに眠くとも、いざ横になると心臓が高鳴って目が冴えた。

　しかし平穏な日が続くうちに、いつの間にか元のように眠れるようになった。その時に平凡な生活を平凡に送れる有り難味がしみじみと分かった。

　ちょうどその頃、ニューヨークから兄が休暇を取って帰ってきた。義姉は幼い子がいるので留守番だそうで残念だった。私は彼女が好きだった。知的でユーモアがあり、よくあの無機質な兄と結婚したなと思うくらい優しかった。何より周囲がパッと明るくなる笑顔が素敵で、地味な浅村家に鮮やかな洋ランが咲いたようだった。

兄は毎日忙しいらしくあちこち出歩いていたが、五日ほどして、

「ちょっと飲みにいこう」と連れ出された。

向かった先は赤坂にある『アワ・ハウス』という名のパブだった。奥まった住宅街の一角にあり、ネオンも看板もない、普通の住居のような店だ。会員制ではないが海外の特派員や駐在員が対象らしく、我が家でくつろぐイメージでソファやテレビや卓球台が置いてある。客の大半はラフな格好をした品のよさそうな外国人だった。

少し贅肉の付きかけた面長な顔を傾けて、兄はしみじみと私の顔を見る。まるで弟の存在を気にかけるのは子供の頃以来といった感じだ。小さい頃の兄はいつも私を置いて一人で先に行っていた。いくら母に注意されても直らなかったが、たまに手を引きに戻ってくることがあった。そんな時も別に不機嫌ではなく、ただ忘れていたという表情をしていた。

少し酔いが回り始めると、「オレの同期にH大の医学部の准教授をしている奴がいる。オレからよく頼んでみるから、一度H大で診てもらわないか？」と言い出した。

「あそこは紹介状がないと難しいからな。母さんも言っていたが、三日も目を覚まさない

というのは尋常じゃないな……。近々彼と会う約束があるから話してみるよ。万一重大な疾患が隠れていたら早期発見がカギだよ。母さんからもよく言って聞かせてくれと、泣かんばかりに頼まれてさ……」

さらに、実はと前置きをして、

「今度、向こうで新たにできる合弁会社に移ろうと思っている。今回は親と本社にその報告をしに帰国した。相手はフランス系の企業で幹部として要請されているんだが、もしかするとずっと向こうで暮らすようになるかもしれない。いずれ親父たちにはゆっくりニューヨークに遊びに来てもらおうと思うが、家も敷地の広い郊外に移る予定だ」というようなことを話した。

「いろいろ兄としては申し訳ない気もするのだが、まあそんなわけで、崇史に何かあっても困るのでな……」

どうやら兄は完全に日本に戻るつもりはないらしい。それほど驚きはしなかった。なんとなく結婚するなら日本人以外だろうという気もしていたし、彼には祖国とか故郷といったものにとらわれないドライな身軽さがある。だからそれは自然なことのように受け入れられた。

用件が終わると兄は知り合いを見つけて立っていった。ブロンドの中年女性と立ち話を始めた彼を見ながら、「この人は相変わらずだな」とおかしくなった。必要なことを必要なだけ言うと、もう次へ飛んでいく。泳ぎ続けないと死んでしまうマグロのようだ。よく疲れないものだと思うが、本人にはあれが自然で、いたって幸福なのだろう。

H大准教授の名刺と連絡先を残して、二週間ほどで兄はまたアメリカへ帰っていった。

それからしばらくして、そろそろ東京へ戻ろうかと考えていた私は、両親を誘って行きつけの鮨屋へ行った。父はここの鮨が好きで、来客があるとよく出前を取っていた。めずらしく日本酒を飲み、普段よりも饒舌だった。おそらく自慢の長男に会えて嬉しかったのだろう。できれば今夜も私ではなく兄を店主に見せたかったに違いない。春には海外旅行をしようと盛んに母に持ちかけている。母は適当にあしらいながら、私にH大病院を受診するよう何度も念を押した。そして早く身を固めて安心させてくれと、ここ数年来の愚痴を繰り返す。期待していた兄がすぐにアメリカに行ってしまったのが不満らしく、たまに私に恨みを転嫁するのだった。

私はやはり東京に戻る潮時だと思った。長くいるに比例して煩わしさも増えてくる。もう二人は夫婦だけの暮らしに落ち着きを見出しているし、老いてからの変化はそれなりにしんどいのだろう。あんなことが自分の身に起きたのも、最近では遠い夢のように思えるのだった。

それから二日後の夜だった。私は再び、茫漠たる光に包まれた。やはり果てしなく明るい青色をしている。不思議なもので、あれほど用心していたというのに恐怖心は全くない。心はさざ波一つ立たない湖面のように奇妙なほど静かだった。というよりも自分自身が空間そのものになっている。私に分かったのはそこまでだった。気づくと同じ布団に横たわっていて、まわりには誰もいる気配がない。起きて時計を見るとすでに二日が経過していた。

階下へ下りるとダイニングテーブルに母がぼんやり座っていた。私に気づくと苛立たしげに充血した目を向けて、「H大病院に行きなさい……」と言った。両親は不安のうちに私を見守り二日を過ごしたらしい。父は再び黙り込んでしまった。

翌々日、私は父に付き添われてH大病院へ向かった。野中さんという兄の友人が待合室に顔を出してくれた。彼は整形外科の専門医で、今回診てくれる脳神経外科の教授に橋渡しをしてくれた人だ。大柄で丸顔の、兄とは対照的な人懐っこい表情の人だ。棒術という変わった武道の愛好者とかで、右の眉の付け根に一センチほどの傷痕がある。忙しいらしく、簡単に挨拶を済ませると急ぎ足に去っていった。父は恐縮し切って黙って何度も頭を下げた。

大学病院の再検査でも、やはり異常は見つからなかった。その分野に詳しいという初老の脳神経外科の教授が穏やかな表情で検査結果を説明してくれた。途中で話を止め「今の説明で不明なことはないか」と確認しながら丁寧に進めてくれる。

その後の問診で、私は父に席を外してもらい、今までの出来事をつぶさに語った。どんなことでもヒントになって解決につながればという思いだ。教授はメモを取りながら熱心に聞いていたが、あの世界が変質する感覚と奇妙な夢には特に興味を持ったようだった。そしてこれまでに脳にダメージを受けたことはなかったか、どんな小さなことでもいいから思い出してくれと尋ねた。病歴や服用している薬、嗜好品から精神状態、仕事や最近変わったことまでも聞く。ＭＲＩ画像で脳に異常は見つからないが、後天性のサヴァン症候群を疑ったようだ。

診察を終えてしばらく考えていたが、「長く眠るという点では反復性過眠症という非常にめずらしい症状があります」と言った。

以前は周期性傾眠症といって、傾眠期——眠りに入っている時期が数日から一週間以上になる、要は何日も眠ってしまう病気だ。原因はまだはっきり分かっていないが、なんらかの理由で髄液中のオレキシンという覚醒物質の濃度が一時的に低下することが確認されている。ストレスが一因ともいわれていて、主に十代で発症する例が多く、年齢とともに改善されていく傾向がある。薬物による治療もなくはないが、効果は限定的で、大体は自然治癒を待つことが多い。おそらくはそれに類似した一過性の症状ではないか。脳が一時的に過活動になり、てんかんと似た症状を起こしている——脳が風邪を引いたようなもので、その反動でオレキシンの濃度低下が一時的に起き、睡眠が長期に亘ったのではないかと考えられる。脳というのは非常に複雑で、同じ反応のように見えても指紋が各人違うように微妙に結果に違いが出る。結論を言うと、今後の経過観察は必要ではあるが、今の範囲に収まっているなら正常というべきであろう。もう一つの側面として心因性の身体疾患も考えられる。めまい、吐き気、頭痛といったものから幻覚や幻聴など幅広い症状があり、幼少時から思春期にかけての話を総合すると、そちらの可能性も否定できない。もし希望があれば当大学の心療内科も紹介するが、いかがであろうか？

大体こんな説明だった。

とりあえず心療内科の方は検討しますということにして、私たちは大学病院を後にした。

肉体的に問題がないことがセカンドオピニオンでも確かめられれば、心療内科に乗り気にはなれない。父はよく呑み込めなかったらしく釈然としない顔をしていたが、とりあえず兄の意見に従ってH大病院で診てもらったことで納得したようだ。

結局私は東京の住居を引き払い、埼玉の実家に移ることにした。突発的な睡眠障害という厄介な事態に陥った以上、情けないが家族の助けが必要だった。

その後、事態は予想外の方向に展開していった。私は起きられるかどうかの心配以前に、完全に眠れなくなってしまった。H大での心因性という言葉に無意識に過敏になっていたのかもしれないが、いざ眠ろうとすると神経が昂って目が冴えてくる。最初は甘く考えて、いずれは前回のように自然と通常のサイクルに戻ると思っていた。微かな不安はあったが、目覚めと違って入眠は意志でコントロールできる自信があった。

しかし、これが十日、半月と続くとさすがに焦り始める。次第に眠ることは大きな壁となり出した。気を失うほど眠くて横になり目を閉じると、待っていたかのように頭の隅が冴えて首をもたげる。まるで別人が住んでいるようで、夜が白みかけてやっと浅く短い睡眠を貪った。

この時点で深刻な病気だと判断し医師に相談すればよかったのだが、依然として私は自分が不眠症になったとは信じなかった。

そのうち徐々に体に影響が出始めた。眼が落ちくぼみ、食欲は減退して、髭を剃るにも手が震えて切ってしまいそうになる。周囲からは驚きとともに指摘する声もあったが、蝕まれるというのは往々にしてこういうものだ。夢中になって貝を探していて、気づくと不気味な潮流に囲まれているのに似ている。いったんこうなると医者にかかってもなかなか改善が難しい。不安が肥大化すると脳内でコルチゾールが他の回路を遮断にかかり、対象がますます巨大化する悪循環に陥るらしい（先の教授の説明だ）。薬を処方されたが、一向に改善が見られなくなった。

私はうつ病や過労で自殺する人たちのメカニズムを、身をもって体験した。仕事に集中力がなくなりボーッとする時間が増え、簡単なことをミスしたり忘れたりするようになった。そのくせ夜になると肺病患者のように神経はギンギンと研ぎ澄まされ、やがては興奮してちょっとした青い光さえも恐れるようになった。教授の指導も虚しく、私は自分がどの程度の病状かも把握できず倒れ込んでしまった。

浅い眠りを繰り返しながら、何が睡眠を妨げているのか、考えても依然としてさっぱり分からなかった。うつ病になれば不眠症になる、あるいは不眠症になればうつ病になることはよく知られている。たしかに二度の長期の睡眠はショックではあったが、私はそれまでと同様にその問題に対して立ち向かっていたのだ。逃げれば危険は倍加し、立ち向かえば半減するといわれることも知っている。だから精神的なものではないと考えた。するとやはり医者の言うように肉体的な疾患が先で、心が後を追いかけているのだろうか？――そうも思えなかった。肉体も精神も私個人に属することだが、私を苦しめている元凶は外にある、あるいは私個人を超えたところにある、そう思えてならないのだ。『それは世界中に在って、私の内部にも在って秘かに触れてくるもの。決して精神の錯覚などではなく、間違いなく存在するが決して捉えられないものだ』

今から思えばこういう考え自体が病状の深刻さを表しているのだが、得てして人は異常な時ほど異常とは思わないものだ。

そのまま三週間ほど会社を休んだ。その間に療養に北陸の温泉地へ出かけ、一人で映画を観にいき、画廊巡りもした。熱っぽいだるさは付きまとったが、出かける前に比べるとかなり改善はしたようだ。初冬の日本海は想像したより静かで明るく、そこはかとない深さを秘めていた。そのきらめく波の下の、暗緑色の果てしない重みが私の中の疲れを吸い取ってくれる。真希がひまわりを暗いといった言葉が思い出される。ゴッホにとって自然は外界の対象物ではなく彼の心そのものだった。精神と世界の存在に差異はなく、糸杉は彼が念じる通りに燃え上がったのだ。

周囲に迷惑をかけながらも、私はがんばって仕事を続けた。会社は病状を考慮して資材管理部へ配置転換してくれた。しかし翌年の六月半ばに、ついに会社を離れる決心をした。辞めざるを得なかった。ただでさえ人手の乏しい会社に、これ以上の迷惑はかけられない。それよりも健康を損ねてから休職を繰り返す肉体そのものがもう限界だった。今や世界はゴッホのように私の思い描く通りに暗く、狭く、醜くなって、ただ一本の道しか見えなくなった。

挨拶がてらに最後の荷物を取りにいくと、上司が「よくなったら連絡をくれ、再雇用するから」と言ってくれた。私は不覚にも同僚たちの前で泣き出してしまった。荷物を提げてトボトボと、午前中の忙しそうに人が行き交う街を歩くと、深刻な持病を持つ人の哀しみがしみじみと迫ってきた。

退職すると今までの反動からひたすら眠った。不思議なもので束縛のタガが外れるといくらでも眠れた。そして皮肉なことに規則正しく寝起きをしているのだった。

私は部屋に閉じこもり、起きている間は本を読み漁った。脳神経外科から心療内科、幻覚や薬物、栄養学、聖書、仏典、超能力からオカルト小説まで読んだ。それ以外はパソコンをいじるか寝て過ごした。何もすることがなくなると窓に椅子を寄せて外を眺める。散歩する人や学校に行く子供たち、誰もいない昼下がりの通りなどを見ていると自然と涙が流れた。人が歩いているのを見るだけで生きていることに感傷的になる。こんな時に浮かんでくるのは、寂しい考えや情けない未来ばかりだった。それらが堂々巡りをしては消えてゆく。私は考えることも生きることも嫌になり、病院へも行かなくなった。

そんな私を、両親は重度のうつ病だと断定したようだ。特に父は内緒で教授に相談にいき、その後の私の様子を見て確信したらしい。頻りに外へ出るよう促し散歩にいこうと誘った。

父と散歩するのは何年ぶりだろう。実家に戻ってあらためて、親が老いたのに気がついた。私は今まで無意識に父を軽く見てきた。人がよくて生真面目で、人にぺこぺこ頭を下げるくせに家では豪放磊落を装う。その小心さを愛してもいたが、軽い軽侮の気持ちもあった。その父が心配そうに寄り添ってくれるのを見ると涙が出そうになる。怪我や病気で大きなダメージを負うと、平凡な健常者が強靱な人間に見えてくる。病院のベッドに不自由な身体を横たえて、ふと窓の外を見下ろすと、若いＯＬが書類を持って元気に銀行へ入っていくのを見て、「ああ、あんな風に歩ける日が来るものだろうか？」と心細く情けなく思うのと同じである。

父はこの先どれくらい生きるのだろう？　やがて来る切実な老いに、今の自分と同じ思いで街行く人を眺めるのだろうか？　兄は異国から帰るつもりはない。無論、親であれば子がそれぞれの人生を全うすることを望んでいるだろうが、足元もおぼつかなくなって、どこかの施設で鬼籍に入るのを待つ日々は孤独だろう。生きていることはそれ自体が無慈悲なものだ……。

この晴れ渡って陽気な地上を、いい大人が暗い顔をして暗い考えにひたりながら年寄りの後についていく姿は、傍から見ればさぞかし異様な光景だっただろう。

ある晩、父は一緒に飲まないかと私を呼んだ。大事にしまってあったウィスキーを出して飲んでいる。それを見た瞬間にこれは何かあるなと思った。この人は何かを目論むとすぐに分かりやすく普段と違うことをし始める。母の姿が見えないのも妙だった。

しばらくすると水割りを一口飲んで、あえて世間話のようにして「知人から聞いたのだが」と話し始めた。

四国の山村に一般人を受け入れている禅寺があるそうだ。禅寺といっても無理に座禅をしなくてもかまわない。無論、望めば座禅指導もしてくれるが、気ままに読書をしていても、ブラブラして過ごしてもいいらしい。ただし、必ず半日は村の仕事を手伝うのが条件だ。賃金は出ないが食事は三食無料で付いて、着るものさえ用意すれば交通費以外に金はかからない。

もともとはお遍路さんが対象で、お接待で泊めた人が農作業を手伝ってくれたのが始まりのようだ。その後長く滞在する人も出てきて、過疎の人手不足の一助にもなるし、人助けになるのであれば希望があれば受け入れるようになった。特に格式のある寺でもないし、無名の住職が一人いるだけというから肩肘張る必要もない気楽な所らしい。

で、どうだろう、しばらく気分転換に行ってみる気はないか？　農作業はやったことがないだろうが、どうせ半日だし、安い旅行に行くつもりなら四国はいいじゃないか。ひと月ほど厄介になって、ついでに少し四国霊場でも見物して帰ればいい。帰ったらうちの取引先の会社を紹介するから……。

寺とはいかにも堅物の父が持ってきそうな話だった。どうやら両親にはそろそろ私が重荷になってきたようだ。客と魚は三日たつと臭いを放つというが、無理からぬ話だ。いい歳をしたうつ状態の息子など、このまま引きこもりになられたらという恐怖以外の何物でもない。厄介払いとは思いたくないが、なんとかできないかと母にも訴えられたに相違なく、考えあぐねてやっと見つけてきたのだろう。専門の施設などは父にはとても言い出せなかったようだ。不自然な笑顔やほとんど酒を味わっていないのを見ると、却って気の毒になるが、そこまで腫れ物に触るようにされるのも釈然としなかった。

宗教が絡むことには若干の抵抗があったが、過疎というのは私の心を惹いた。たしかに今はいろんなことから離れて、過疎地で無になって日々を過ごしてみたい。四国というのも意外だった。なぜか私の頭の中では日本地図から四国は消えていた。九州か南洋諸島なら行ってみたいと思っていたが、そうか、四国……。

白紙の地図からあぶり出しのようにその地が浮かび上がった。働いた報酬が飯を食えるだけというのも「七人の侍」を連想させてユーモラスだ。お寺といっても出家するわけでもないし、ブラブラ一人旅をして三日目には飽きてしまった北陸を考えれば、こういう過ごし方には今までにない新たな手ごたえが見つかりそうにも思える。一般に心身どちらの療養においても空気の薄い山地は適している。何よりも、このまま私が家にいては誰もが息が詰まる。今は親の思う通りにしてやりたいし、高地にひと月もいれば新しい展望を持って下界が見えてくるかもしれない。私は父の言ったようにまさに気分転換のつもりで訪ねてみようと思った。

こうして十月の上旬に私は羽田から松山行きの飛行機に乗った。

以上がこの村に来るまでのおおよその経緯である。前にも述べたが、あれからもう九ヶ月が経ってしまった。当初は冬は越さない予定でいたのが、今こうして夏を迎えている。ここまで滞在が延びたのは、山の暮らしがいろいろと物めずらしかったり刺激的だったり、あるいは神秘的だったりすることもあるが、西村の言った「磁場が合っている」せいかもしれない。今まで訪れた場所にはない土の下の幽かな共鳴のようなものを感ずる。あの冬山のコオロギに似ていた。

第二部　山嶺にかかる月

一、四国

七月の山村は緑が空の光を吸い尽くすようだった。ここでは空よりも大地の方が無尽蔵だ。太陽は照りつけるが薄い空気のせいで夏特有の粘り気を失っている。モーツァルトの軽やかなソナタが舞っているようだ。

私はかつて自分の内奥は独立して不変だと信じていたが、それは間違いだったようだ。むしろ独立不変は外部にある。ここでは光は刻々と変化するが、すべては広大な大河のようになお不変だ。それに比べて確固たる存在と思っていた自分は頼りなく、水面に浮かぶ泡沫に過ぎない。そう感じることは安心であり幸福であった。

今朝もそれを想起させるような、いくぶん変わった夢を見た。以前こういう夢の後に発作を起こしたことがあるので、そういう点ではあまりいい気はしないのだが、やはり不思議な静寂と安寧があった。ちょっと紹介しておこう。

夢の中で、私はどこかの山岳地帯の河原を逃走していた。ヨーロッパの山河のようであり、日本の山村のようでもある。遠くに銃を持った兵士たちが私を捜しているのが見えた。

『いったい何から逃げているのだろう？』

私はドイツ兵に追われるユダヤ人か、日本軍から脱走した兵士のどちらかのようだった。

――どうも前者らしい。

はるか後方の丘で教会が燃えている。赤い不吉な炎が曇天の厚い雲を照らし、逃げる私を憎み、呪って、恐ろしい断末魔の叫び声をあげている。

「卑怯者、一人だけ逃げるのか！　我らの地獄の苦しみを見捨てて……裏切り者！」

『許してくれ！』

私は泣きながら、蒼白の顔をひきつらせて必死に山の中へ逃げた。捕まれば殺される
……死ぬのは恐ろしい……。

『この先に逃げ場はあるのだろうか？　逃げ切っても食べるものはあるのか？　一人だけの未来はどうなるのだろう……』

まだ気づかれていない。徐々に細くなってゆく谷川を、生きるために私は懸命に逃げた。

やがて少し広くなった川の深みに、大きな岩が突き出ているのが見えた。急いでその下に潜り込む。水の中だったが不思議と息ができる。ホッとして、できるだけ体を小さくし

て沈んだ。

『これなら追っ手の犬も匂いを嗅ぎつけられないだろう。もっと小さく、ヤゴかタニシのような水生生物になれればよいのだが……』

奴らが来た。ヘルメットを被り、銃を持った兵士たちが水の中から見える。岩の上では犬の激しい息遣いがしている。なかなかここを離れようとしない――。

と、向こう岸にいる一人の兵士が動きを止めてこちらを振り返った。ゆっくり近づいてくる。時間が静止して凍りついた。奴は蒼い顔を歪めて笑っている……もうダメだ……。

その時、

「ねえ、出ておいで。もう大丈夫だから」

と女の声がした。しかも子供の声だ。

「早くしないと見つかるよ、殺されちゃうよ」

おそるおそる顔を出すと兵士たちは消えていて、白っぽいワンピースを着た十歳ほどの少女が一人立っていた。彼女は裸足で、顔は石のように表情がなく、見るともなく川面を見ている。

やがて私に視線を移すと、蔑むような、包み込むような、昔どこかで会ったような懐かしい微笑を浮かべた。

「ついてきて……」

そう言って彼女は歩き始めた。

林の向こうでは、先ほどの兵隊たちが歩き回っている。私は体をかがめ、這いつくばるようにして、すたすたと思ったより速く歩く少女の後を追った。

しばらく進むと黒っぽい崖に突き当たった。高さは十五メートルくらいだろうか、細い滝が端の方を落ちている。少女は岩伝いにするすると登り始めた。私も岩に取り付き懸命に登る。

上に出るとかなりの広さの荒涼とした白い河原が広がっていた。おそらく広大な一枚岩だろう、骨のように灰白色で、幾筋かの流れが溝を作って流れている。岸辺にはススキやよく分からない蒼い草が生えていて、いつの間にか晴れ渡った空には、絵で描いたような羊雲が貼りついていた。

私はその空を見て、なんとも言えぬ切ない、甘く悲しく不安な気持ちになった。

――あの空は、ずっと昔、私が物心のついた頃、独りぼっちの午後に描いた絵だ。

『少女は？』

いつの間にか白い小舟のような形の岩の先端に、膝を抱えて座っていた。静かに下流を眺めている。

私はこんな広い所にいると兵隊に見つかり、彼女も巻き添えを食うのではと心配になったので、少女の側まで行った。声をかけようとした瞬間、まるで私の心を読んだかのように、

「大丈夫、ここは誰にも見えない世界だから誰も入ってこられないよ。ここでは歳も取らないし、ものを食べる必要もないから安心して。最初は戸惑うと思うけれど、すぐに慣れるわ……」と言って、また前を向いたまま黙ってしまった。

もう何を聞いても口を開かないだろうと分かった。しゃべることさえ、この世界では無用らしい。動くことも考えることもない。そんなのはみんな相対的なものだから。

しばらく小さな背中を見つめていると、突然『死神』という思いが浮かんでゾッとした。慌ててまわりを見回して、私は「あっ！」と声をあげた。いつの間にか広い岩の上には点々とたくさんの少女が、皆同じような白のワンピースを着て、下流に向かって座っている。そのうちの一人が私を見て「ニタッ」と凍るような笑いを浮かべた。

「ウラギリモノ」

私は思わず叫び声をあげた。

ここで目が覚めた。

覚めてからも、しばらくはまだ岩の上にいるようでドキドキした。いつものことだが、夢から現実世界へ移行するにはおぼろな空白を通過するため暫しの時間がかかる。夢も現実の把握も同じ意識の中で行われることなので、二つの間には思っているほどの明確な区別はなく、場合によっては夢や記憶の方がより本物と信じられることも起こり得る。この荒唐無稽な夢には、前世の記憶のような不思議な明瞭さがあった。特にあの崖に行き着くまでの細部の光景——草や木や丘の中腹にある墓地、川を渡る橋の近くにある製材小屋の屋根の色、水をキラキラと跳ねる水車の我関せぬ動きなど、間違いなくかつて目にしたとしか思えなかった。

それはともかく、重要なのはより抽象的に感じた崖の上の光景だ。あの奥には何があるのだろう？　どこにつながっているのだろう？　下流を見つめるたくさんの少女たちは、流れ下ってゆく過去を視つめているのだろうか？　あそこで見上げた空のはるか向こうには、限りなく不可知な宇宙の慈愛が満ちていた。

そんなことを考えながらうとうとしていると、次第に夜が明けてきた。暗い座敷に朝が忍び込み、欄間や床の間の円窓からはそれぞれの形になって、徐々に強さを増した光が差し込み始めた。

住職はもう朝の勤めを終えている頃だ。

この辺りは高い標高のせいで真夏でも朝はひんやりしている。空気が薄いので川の音がやけに近くに響いてきて、最初のうちはなかなか寝つけなかった。その谷川を見下ろす場所に天元寺という小さな禅寺があり、そこの離れに私は寝泊まりしていた。

寺から車で峠を越えて三十分ほど山を下ると、お遍路や観光客が多数訪れる八十八ヶ所の札所がある。しかし、そこからさらにここまで足を延ばす人は今ではほとんどいなかった。

今やすっかり寂れてしまったが、かつてはこの地域も林業と稲作が盛んで、多くの人が住んでいたらしい。歴史も古くお寺はその名残だそうで、平家の落人が逃れてきて住みついたという、四国にはよくある伝説もあった。

特に終戦前後は疎開してきた人たちで一気に人口が増え、仕事を求めて森林の伐採が盛んになり、いたる所で木を切る音や煮炊きの煙が上がっていた。木材を満載にしたトラックは舗装されていない狭い道路を頻繁に往復し、当時はたくさんいた子供たちを脅かしながら土埃を上げていた。

それが一人減り二人減り、戦後が遠のくにつれて潮が引くように人がいなくなった。もうかつての面影を残しているのは、廃校になった中学校の校舎のみである。取り壊す予算がないため、今も山あいの中腹に、割れた窓ガラスに松やヒノキの緑を映しながら子供たちを待つように立っていた。

この中学校の卒業生に、現在は大御所と呼ばれている俳優がいる。それがこの村の自慢になっているが、小さい頃の彼はなかなかの悪ガキだったらしい。

「腹を減らしては、よう柿を盗みにきよったわ。猿みたいな奴での、あっという間に登ってはポケットに入れていく。柿の一つや二つくれてやっても惜しくはないが、うちの婆さんが『ああ手癖の悪いのは性根を叩き直さんと将来碌なもんにならん』とかまうでな、それをおもしろがって何べんも来よったわ。いっぺん枝が折れて落ちたことがあっての、脇腹を打ったらしくて呻いとったのを婆さんが竹棒で叩いたら、その晩仕返しに玄関に牛の糞をまかれて往生したわ……」と言われていた。

私が初めてここを訪れた時、冬枯れた村の庭先に柿が生っているのが印象深かったが、なるほど物のない昔なら柿も食いたくなるだろうと、この猿蟹合戦をおもしろく聞いた。当人たちがいたって真剣なだけに、貧しい時代を背景にしたどこかユーモラスな光景だ。今でもその俳優さんからは、盆暮れには律儀に贈答品が届くという。「手のかかる者ほど大きい人間になるというが、偉い男になったもんじゃ」と、昔の悪童ぶりも時を経て武勇伝になっている。東京にいた時はよくテレビで見かけたが、年寄りの言い方はまるで総理大臣でも輩出したみたいだ。父もそうだったが、地方には地元の英雄がよく存在する。ふるさとという概念を明確に持てる人には、きっとその象徴となるなんらかのものが欲しいのだろう。この人は今も老人たちの記憶に息づいている多くの子供たちの代表であり、自分たちの時代の象徴でもあるようだ。何年か前にその俳優さんが一度帰ってきて、この離れで歓迎会が催されたらしい。幼少期を過ごした地の磁場は格別だったようで、普段のイメージとはほど遠い喜びようだったそうだ。

離れに座敷は表と奥の二つあり、ぶ厚いふすまで隔てられて奥の方はいつも薄暗い。そこに私は寝ていた。

床の間に気味の悪い達磨大師の水墨画がかけてあり、所々に茶色いシミが浮いていて、それが薄暗さのせいで本物の枯れ葉に見えた。どういう意図で描いたのか、この大師様はひどい斜視だった。少し横向きで、黒々とした大きな眼を見開き、奥の方の眼だけがこちらを向いている。それが見る者の動きに合わせて頭が立体的に回転するような錯覚を起こさせ、光線の具合で微妙な陰影ができると、そこに生きた人が立っているようで寒気がした。おそらく描いた人の狙い以上のものが出ているのだろうが、森閑とした夜などはずいぶん恐ろしく感じたものだ。

座敷にはもう一つ、二曲の小さな屛風が置いてある。それには牛に乗って横笛を吹く老人が描いてあった。背後に山が描かれているから、これから深山へ消えていこうとしているのだろう。どこか陰気で物悲しい絵だった。つい見惚れていると、老人について幽谷に入り帰ってこられなくなりそうだ。

座敷の装飾品はこの二つだけだが、どちらも作者は同じようだ。田舎の名もない人の作品だが、とてもよくできていた。太陽が動くと二つの墨絵は微妙に表情を変え、外から戻ると止まっていた時間がゆっくり動いたようで、不意に屛風の陰から昔の住人でも出てきそうだった。

私は布団をたたむと無愛想にこちらを見ている大師様に軽く手を合わせ、表座敷を抜けて庭へ下りた。晴れ渡った七月の空は驚くほど青く、濃く、深かった。正面の稜線から覗いている純白の入道雲がくっきりと近くに見えて、今日も暑くなりそうだ。周囲を山が囲んでいるので、田畑はまだ日陰の部分が多く、東の山肌には朝もやが白く消え残っている。

この辺りはほとんどが棚田と段畑になっていて、そこを両方から挟むように谷川が流れている。山に沿って流れ下った川は一キロほど先で合流していた。その先は扇状に小さな盆地が広がり、南の突き当たりをひときわ大きな三角形の山が塞いでいる。いわば盆地ごと下界から隔離されて浮いているような感じで、最寄りの小さな高原町とつながる峠のトンネルを境にタイムスリップしたような所だ。

住職が前の畑で長靴をはいて水をまいていた。炎天下にまくと焼けた土で作物が根腐れするので、水は早朝と夕方遅くに分けてやっている。日の出と日没の似て非なる茜空の下で水をやるのを、和尚は何よりも楽しみにしていた。野菜が喜ぶのが分かるそうで、柔和な表情で子を慈しむように時間をかけてまく。その姿は農家の老爺そのもので、私は見るたびに畑が好きだった山口の祖父を思い出し、明るい気持ちになった。

彼の名前は小隠という。名前の由来は敬慕してやまない白隠禅師にあやかって、せめてその百分の一にでもと付けたのだそうだ。「こいん」という響きの通り、一メートル六十センチあまりの小さな人だ。親しくなってから「なんだか硬貨みたいですね」と言うと「ワシなんかは一円玉じゃな」と笑っていた。僧侶なのに酒が好きで、田舎の人らしく柔和な顔をしているが、そこはやはり禅僧で、独りでいる時などはどこか老武道家のような精悍さがあった。最初は呼びにくいので和尚さんと呼んでいたが、村の人たちは皆縮めて「コンさん」と呼んでいるので、そのうちに私も「コンさん」と呼ぶようになった。彼はなんと呼ばれようと気にしなかった。若く見えるがもう七十は超えている。

全体的に村の老人たちは細身だが屈強でよく働く。「伊予のよもだ」という陽気な気風も影響しているのだろう、三人集まれば必ず笑いが起きていた。

「おはようございます」と庭の上から声をかけた。

水音で聞こえないのか背中を向けたまま反応がない。湿った土の心地よい匂いが畑から上がってきた。陽光は西の山頂を暖めながら、思ったより速い速度でふもとへと下りてくる。小隠さんはトウモロコシの先を見え隠れしながら移動していて、こちらに気づく気配はない。底にたまっていた闇が払われ、山里の一日が動き出す。

しばらくして水音がやんだので二度目に大きく呼ぶと、

「おお、起きたか。けっこうけっこう、若いうちはなんぼでも眠たいもんじゃ。野菜もよう寝るのはよう太る……」と顔を覗かせて笑った。

「今日は西山の下刈りを頼まれとるが、腰の具合は大丈夫かの？」と聞かれたので、「大丈夫です。後で集会所へ行ってノブさんと落ち合います」と答えた。

この下刈りは川沿いの急斜面を這うようにして行う下草刈りで、杉やヒノキの苗木保護のためにやるけっこうな重労働だった。一時間もすると足腰が痛くなり、汗が目に入って顔に草の穂や花粉が付着して痒くなる。実際のところ私には全く大丈夫な仕事ではないのだが、ここでは高齢の老人がそれを軽々とやるのだから嫌とは言えない。また水辺にはマムシがいることがあり要注意だ。大概は音に反応して向こうから逃げていくが、ばったり遭遇したり妊娠中のメスだったりすると危ない。以前バスの運転手が道路脇で立小便をしていて咬まれたことがあるらしいので、刈った草の下に枯れ枝が見えただけでも飛び上がった。

それでも今朝の抜けるような紺碧の空と、涼気を帯びた土の匂いのおかげで、私は肌から全身に力が甦ってくる気がした。これがこの村で初めての夏である。

大きく息を吸い、朝もやと日陰のなくなりかけた東の山を眺め、これから作業に向かう西の斜面を見ながら、ふと東京の街を思い浮かべた。今頃、車や人の動き出す朝の音が、低い地鳴りのように起こり始めているだろう。早朝の裏通りに射す朝の光と漂うコーヒーの香り、夜と人が入れ替わり雑踏が押し寄せるまでのつかの間の静寂……。

　集会所には八時前に着いた。


「都会は人が多くて大変じゃろ?」とノブさんが横から聞いた。

汗ばんだ体で、林を抜ける風に吹かれながらうっとりと東京に想いを馳せていた私は、その声で山に呼び戻された。

私はノブさんとペアになって、谷川沿いから山の中腹まで、急な斜面の草を刈り登ってきていた。今は川を見下ろしながら木陰で休憩している。辺り一面から起こる葉擦れの音が谷川のせせらぎと一緒になって、夢の中にいるようだった。

「生まれた時からいますから、まあ、あんなものとしか感じませんよ」

「ほれでも怖いことも多かろう?」

「……交通事故とかですか?」

「いや、おかしな者も仰山おるやろ」

ノブさんの言う「おかしな者」とは、どうやらヤクザ者のことらしかった。七十歳を超えてもなお、かくしゃくとしているノブさんは、赤銅色に日焼けした温和な顔をしている。小柄で笑顔が地顔となった表情は能面の翁を想わせた。かつて林業の盛んだった頃には、そういう荒くれ者も多かったのだろうと想像した。

「僕はそういう怖い場所には行きませんよ。もしそんな人間と出くわしたら、すぐ目を逸らして逃げます、臆病ですから」

「ほうやなあ、ワシらはああ人が多い所にはよう行かん」と、手の届きそうな雲を見上げながら言う。

ノブさんの息子は大阪で暮らしていて、妻に先立たれたノブさんは独り暮らしをしている。私は騒々しい都会にいる父母の顔を思い浮かべた。最後はどちらか一人になるだろう。でもその意味合いがここと都会では違う気がする。

どこからか一匹のアブラゼミが、うだる空気の中をフラフラと飛んできて近くの木にとまった。しばらくすると遠慮がちに鳴き始め、次第にジャカジャカと激しくわななき出した。

『こんな暑い盛りを、フラフラするなら飛ばなければいいのに……』と、無意識にセミを無知な人間呼ばわりしているのに気がついて苦笑した。それを見てノブさんは自分のことを笑われたと勘違いしたようだ。

「まあ住みたいとも思わんけどな。さあ、雲が厚うなってきよったけん雨になるかもしれん。もうひとがんばりして帰ろう」と立ち上がった。


午前中で仕事を切り上げて私たちは寺に戻った。雨模様に急いだせいか、予定していたよりはだいぶ広い範囲を刈り終えた。ノブさんは小隠さんとしばらく立ち話をしていたが、一時前に帰っていった。

午後は離れの縁側に座布団を出して本を読み始める。ノブさんの予想通り、空は一面に厚い雲に覆われてきた。その下を黒い雲と白い雲とが交互に飛んでいく。しばらくすると太い雨粒が乾いた庭の土をポツポツと叩き始め、やがて畑の野菜から向こうの田んぼの稲穂まで、サーッと音を立てて降り出した。

十分もするとピチャピチャ、タランタラン、ボツボツ――交響曲のように、いろんなものに当たる雨音が響き始めた。私は顔を上げて聴き入った。こういう時間はこの山里の至福の恩恵だ。街ではとてもこうは聴こえない。同じ地上に降る雨を、なんと長い間無駄に聴き逃してきたのだろう。あの都会での生活が薄っぺらで切なく思えてきた。……でも、あれも間違いなく私の人生の軌跡だ、時の集まりだ。

しばらくは読書に没頭した。こんなに集中できることは、めったにない。こういう時は文字が絵のように飛び込んできて、活字の奥のものが直に触れてくる。本に眠っている宝を発見できるのはこういう時だ。久しぶりに気持ちのよい時間だった。

三時過ぎに多恵さんが茶と羊羹を持ってやってきた。彼女は京都大学を出て農林水産省に勤めていた才媛だ。たしか齢は私より二つ上だ。今はこの村に戻り、県の農業試験場の職員をしている。

「お疲れ様」

めずらしく姉さん被りをしている。

かつてはこの人と二人になると、いつも気詰まりを感じた。優秀な上に独身でかなり美人なのだ。基本的に美人というのは私を緊張させる。彼女はあまり余計な仕草や会話をしないタイプだからなおさらだった。世の中が適度に不細工ばかりだったら気楽だろうと思う。しかし女性は生まれ落ちた瞬間から帰巣本能のように美を目指す。男なんか知ったことではないし少々殺気立っている。だから男は聖母マリアに憧れるのかもしれない。

座って被りを取る仕草が妙に艶やかで、私は少しどぎまぎしながら起き上がった。

「せっかく西山の草を刈ってもらっていたのに、天気が崩れちゃったわね」

「はあ、ノブさんの予想通りでした」

羊羹を楊枝で刺して口に入れた。昆布のような色をしていて中に豆が入っている。

「美味しくないでしょ？」

「いや旨いですよ」

「この辺のお年寄りは農作業の後これをよく食べるのよ。疲れた後はこのくらいの甘さがちょうどいいみたいね。若い子はあまり好きじゃないけど」

「番茶とこの羊羹は合いますよ。これは農家の知恵だと思うな。この淡白な甘さがいい。他のものだと口の中がべた付いて農作業には不向きです。多恵さんは嫌いですか？」

多恵さんは笑い出した。

「崇史君もすっかり地元の人間になったわね。ノブさんはあなたをとても気に入っているみたいよ。私はあまり羊羹が好きじゃないの。漱石の小説に羊羹のことが美味しそうに書いてあって、京都にいた頃に食べ比べたことがあったけど、そんなに好きになれなかったな……」

この寺では小隠さんもよく農作業に出ていた。半僧半農のような状態で、僧侶よりもむしろ農家の爺様に見えた。ノブさんがお経を唱えてるような感じだ。独り身なので村の女性たちが時々交代で食事の世話にきている。そして、夜は大概何人か寺に集まってきて、しゃべったり飲んだりしていた。

今日は多恵さんが当番らしい。

雨は小止みになってきた。ずっと南の方の空は雲が切れて、裂け目から陽が射し始めた。その陽が当たって金色に輝き出した山頂をしばらく二人で眺めた。昔読んだ、「あの山の陽が当たる所には財宝が埋まっている」という童話を思い出した。埼玉でも屋根の上に虹が立つことがあるが色の濃さが違っている。

私は少しそわそわして落ち着かなかった。

「東京が恋しくならない？」と多恵さんが聞いた。

「よく定年退職した人が田舎暮らしに憧れて移住してみたけど、半年も持たなかったと言うでしょう。崇史君、けっこう長いよね」

「今のところ大丈夫です。僕にはどっちも大差ありません。まわりよりも自分のことでこのところ、いっぱいでしたから……」

多恵さんは少し微笑んでうつむいた。伏せた二重まぶたがきれいだ。聡明で冷静で些細な言葉や仕草によく驚かされる。今まで私のまわりにはいなかった女性だ。

「多恵さんはどうして農水省を辞めたんですか？　もったいない。こう言っちゃあれですけど、京大に行くようなギフテッドが片田舎の試験場にくすぶっているなんて……」

多恵さんは吹き出した。

「ちょっと待って、私はギフテッドなんかじゃないわよ」

「いや、だって授業だけで充分だ、とほとんど勉強しないで入試の直前まで陸上やってたんでしょう？　それで京大に入るんだから、僕なんかから見れば充分ギフテッドですよ」

「それ誰から聞いたの？」

「小隠さんが話してくれました」

彼女は呆れた。

「またあの人は……。それは中学の時の話よ。高校では必死で勉強したわ、それでやっと引っかかっただけよ。——私は農水省ではもっと土に触れる仕事ができると思っていたの。ところが毎日毎日遅くまで書類の相手ばかり、本当に税理士事務所顔負けだったわ。東京でのそんな生活は、私のような田舎者にはとても無理だったなあ……」

彼女が東京にいた時分、私は学生で同じ空の下にいたわけだ。木口や西村、真希たちとガヤガヤやりながらバイトにいそしんでいた頃だ。あの時は貧乏だったが心身は健康だった。エリートはエリートなりに大変なのだなと思った。

夕食後、何人かが寺に集まってきた。当番の多恵さん、ノブさん、マサシさん、タマ婆さん、初枝さん、そして町役場に勤めている河端君。一番年下が河端君、そして私と多恵さんときて、後は皆六十を超えている。

男たちは「清流」という名の地酒を飲んだ。日本酒が苦手な私も不思議とこの酒は飲める。ノブさんが仕掛けにかかっていたウナギをさばいてくれた。醤油ダレに漬けて炭火で焼くと驚くほど旨い。鮎の塩焼きに畑の野菜が並び、もうこれだけで料亭並みだった。

「小隠さん、私が遊んでいて京大に受かったみたいに崇史君に言ったでしょう?」と、ほろ酔い加減の小隠さんをつかまえて多恵さんが詰問した。

「いや、……それはワシじゃなくて、ノブさんじゃないのか」

「ワシはそがいなこと言やせんぞ」

ノブさんが憤慨した。

「じゃ、マサシさんが言うたか?」

笑った。

「ね、こういうオヤジよ」と多恵さんが私に目配せしたので、私は久しぶりに声をあげて
「何を、知らんぞ」

ノブさんにウナギのかかった場所とさばき方を聞いた。ウナギは流れの速い所ではなく、脇に水が流れ込んで溜まりになった岩の下辺りが絶好だそうだ。仕掛けは日が暮れて暗くなってからしないと、餌のドジョウが蟹に食われてしまう。ポイントをいくつか教えてくれたので、明日の夜は仕掛けにいこうと思った。川辺の草むらにはマムシがいるかもしれないから、棒で草を叩きながら行くよう注意された。

ウナギをさばくにはカボチャの葉を使うといいらしい。表面にトゲが多くて滑らないのでウナギをつかみやすい。頭を錐で刺してまな板に固定し、背骨に沿って二枚におろす。砂糖醤油を付けて炭火で焼いて、熱いご飯に載せて熱い番茶をかけ蓋をする。鰻茶というこの地方の食べ方だが、絶品だそうだ。

皆で気ままに小一時間ほど雑談した頃に、

「そういえば何日か前に、一人応募がありましたよ」

と河端君が思い出して言った。

応募というのは町役場のホームページのことだ。この中に彼は「天空のラム」というコラムを持っていて、初雪が降ってイノシシの子供が川で死んでいたとか、巨大なツクシを見つけた、林道が大きな落石で塞がれた、婆さんの下着が風に飛ばされて屋根に落ちていた（本人はハクビシンがくわえていったと思い込んでいる）、ウナギが堰を迂回して道路を這っていたなど、変わった出来事をおもしろ半分に紹介していた。コラム名からして少し不真面目で、「ラム」とは村の逆さ読みで、ド田舎の自虐的な呼び方とコラムを引っかけたのだそうだ。小隠さんなどは自分の寺について書かれたこともあって、「もっと真面目にやれ」と窘めていたが、「どうせ見ているのは地元の人間か出身者だけですよ。だったら普通のこと書いてもおもしろくないでしょう、雪が降ったなんて見りゃ分かるんだから」と取り合わなかった。

今年は例年に比べて梅雨が長く、どの家も農作業や山の手入れが遅れがちであった。ある晩、お互いの進捗状況や人手のやり取りについて話し合っていると、「今は崇史さんがいてくれて助かっとるが、この先なかなかしんどいのォ。いつだったか横浜の高校生が林業研修に来たことがあったけど、あの時は本当に助かった」とマサシさんがぽつりと漏らした。

それを聞いていた河端君は、次の日にコラムのネタとして載せてみた。

『最近ストレスを感じている方。

ゆったりした雰囲気の天空の里でリフレッシュしてみませんか。釣り、禅の体験もできます。半日農作業&林業の手伝いをすれば三食ついて無料で寺に宿泊できます。夏休みを田舎体験したい学生さんも大歓迎。

詳しくは当役場・カワバタまでご連絡ください』

「今時そんな物好きいるか?」と役場でも言われたのだが、「まあ、話のタネだから」と小隠さんにも事後承諾で載せておいたのだった。

それに応募があったというのだ。

皆、会話を止めて彼を見た。

「いや、それが女子高生なんですわ。東京の高校一年生、十五歳です」と慌てて付け加えた。

「えっ」と、皆ちょっと驚いた。

「そりゃいかんわ」と誰かが言う。

期待してはいなかったものの、少女は誰も予想していなかった。それもついこの間まで中学生だった子供とは——。東京辺りの子供が、しかも女一人で来ようとするのが不思議だった。そんな都会の若い子が行くなら、もっとましな所がいくらでもあるだろうに。

「ワシの孫より若いの。それ書き方が悪くて林間学校か何かと勘違いしとりゃせんか？」とマサシさんがため息交じりに言う。

「書き方は問題ないですよ。ただ応募があったと言っただけで、もちろん断りますよ。親も反対しとることだし」と河端君は少しムキになった。

「その子は何か理由があって連絡してきたのか？　なんて言ってきたのだ？」と、今度は小隠さんが急に僧侶の口調で聞いた。

「この子、不登校になっとるようですわ。高校に入ってすぐに行かんようになったらしい。母子家庭みたいですけど、親も心配はしとるが、そんな状態の子を一人で田舎に行かせることには大反対です。ただ、本人が頑として聞かないので困ってしまって、『一度連れていくから、そちらでもうまく断ってほしい』と母親が内緒で電話してきました」

「そりゃ止めた方がええな。面倒だけ背負い込むようなもんじゃけ」とタマ婆さんが言い、皆一様に頷いた。

「そう、それで断るんだけど、一度は会わんといかんようになって……。小隠さん、会ってくれませんか？」

「自分でまいた種は自分で刈らにゃ、ワシは知らんぞ」と小隠さんは渋い顔だ。

「いや寺のことも出しとるし、やっぱりそれなりの人に顔を出してもらった方が……」

「よう考えもせんとやるから自業自得じゃ。この前、蔵を町に移築した時なんかも、跡地に小判が埋まっとるみたいなこと書いて、おかげでおかしなのがウロついて迷惑したぞ」

「ああ、あれなあ！　柱の下に六文銭が埋まっとったなあ」と、いつの間にこっそり掘り起こしにいったのか、タマ婆さんが横から口を挿んだ。

「まあ、こんなことでも知名度が上がれば村の活性化につながるじゃろ。多恵さんといつも話しとるし役場でも議題に上がるが、なんとかせんとこの村は消えてしまうぞ。引きこもりでも東京から人が来れば少しは宣伝にもなるやろ……」

河端君はいつになく真剣だった。

小隠さんはちょっと意外そうに彼を見たが、

「ふん、分かった、なら会うてみよ」と最後は応諾した。

二人の会話を聞きながら、私は初めて河端君と会った日のことを思い出した。離れで小隠さんと話をしていると、畑の中からいきなり現れて「河端です」と役場の名刺を差し出した。日に焼けて、短く髪を刈りこんだ陽気な若者で、ちょっと木口に似ていると思った。一つしゃべる間に三つ返ってくるテンポには少し閉口したが、「ここは一日のうちで人に会うよりイノシシに会う方が多いけん」と屈託なく笑う。彼が帰った後で小隠さんは「あの男は小さい頃から、こんな田舎は出ていくとしょっちゅう言うとったが、一向に出ていかん」と言った。

話が一区切りつくとマサシさんが腰を上げ、続いて当番の多恵さんを残して皆帰っていった。三人になると急に静寂が忍び込んできた。もう遅い時間かと思い時計を見たが、まだ八時半だった。いわゆる田舎時間だ。

「最近はどうだ？」と小隠さんが目を細めて湯呑み越しに私に聞いた。病気のことだ。私は小隠さんと多恵さんには今までのことをあらかた伝えてあった。

「今朝久しぶりに変な夢を見ました。起きて感覚が前と似ていたので心配しましたが、それっきり一日しっかりしていたので問題ないと思います」と内容をかい摘まんで話した。

「不思議ね。聞いていると本当に前世の話みたい」と聞き終えて多恵さんはちょっと気味悪そうに言った。

「いや、たぶんどこかで見たか読んだものの合成だと思いますよ。神経回路が混乱してゴチャゴチャになるんでしょう。本人にはそれが現実に感じるんだから困ります」

「まあ前世かどうかは別として、それ、ただの病気じゃない気もするがな。そんな些末な問題じゃなくもうちょっと、なんか、核心に触れとるような……」

小隠さんは一人だけ私の病気に違った見方をする。医者も親も私自身も大体理解できて説明がつくと思っていることを、まるで別の解釈をするのだ。それが参考になることもあるが、どうも多恵さんなどと比べても科学的でない気がした。親身になって考えてくれるのは有り難いし、そういう考え方も嫌いではないのだが。

ここに来たばかりの頃、晩秋だったが、山地の夕焼けに圧倒されことがある。あぜ道を散策していたら、西の空で光がざわつき始めた。東の半分はまだ青くくすんで沈殿していた。徐々に太陽が黄色味を帯びてくると、野山は一面に金色に染まった。やがて褪せるように地表が黒ずみ始め、対照的に空は赤く燃え上がり、噴き上がる炎が放射状に雲を焼く。そして網をしぼるように山影の向こうへ光が引きずり込まれると、天地が黒く溶けて空気が急速に冷たくなった。

驚いたのは自然の美しさよりも、それに呼応する自分の内部だった。それは、あの何度も押し込めてきた奇妙な発作の副産物に似ている。自分が消えて何かに満たされていく快感だ。

ちょうどそうなりやすい時期だったのかもしれない。仕事をなくし世の中のしがらみや取っ掛かりから外れて、病気になって病気を受け入れて、限りなく私は無防備だった。同じことは川沿いの小道から山全体が紅葉に揺れるのを見上げた時も、灰色の空から無数の雪片がちぎれ落ちてくるのに包まれた時にも起こった。雪もまた圧倒的だ。夜半に静かに降り積もると星明かりだけで村が見渡せた。蒲原の絵が目の前に再現される。冷たい白の中に却ってしみじみとした温もりを感じて、真希が明るいと言った真意を理解した。

雪に感情はなく、ただ降る。禅でいう所の「色」なのかどうか、どこまでも物質である。そのただ「在る」ということが圧倒的な何かで溢れる時がある。発作の時に触れたのはそういうものだった。

蒲原と比べて、ひまわりの絵は哀しいほどに情念に満ちている、真希にそう見えたのは、たぶん西村への想いと重なるからだ。会社を作りたいのも、私を愛したことも、無意識に彼に近づこうとしているのではあるまいか。おそらく起業は成功するだろう。そして心の穴もまた大きくなっていく。飛び続ける真希が哀しくなった。

二、少女

東京からその母娘が来るという日、私は河端君に頼まれて一緒に松山空港まで迎えにいった。到着ゲートから出てきた二人を見た時、思ったより華やかで明るい雰囲気なのに少し驚いた。引きこもっていると聞いていたので、私は勝手にかつての自分のような姿を想像していたのだが、これではまるで楽しい家族旅行のようだ。

車の中では母親だけが礼を言ったり質問したりと、一人しゃべっていた。娘はずっと黙ったまま外を向いていたが、興味津々に鼻歌でも歌い出しそうな様子なので再び拍子抜けしてしまった。河端君は車内が重たい空気になるのが嫌だと、私を無理やり連れ出したのだ。

二時間ほど国道を登り、峠を越えてさらに山に入ると母親も次第に押し黙ってしまった。二人は不安げに窓の外を見ていたが、村に車が近づいた時「あっ、家がある！」と声をそろえて言ったので、河端君は笑い出してしまった。

離れの表座敷で多恵さんも交えて四人で母娘と対面した。母親は某社の研究職とかで、服装も化粧もさっぱりしていてどこか気品がある。丁寧な言葉で流暢に初対面の挨拶をしたが、いかにも都会の知識人という感じがして、私と河端君は少し恐縮してしまった。さすがにこの辺りでは見かけない垢抜けした女性だ。

娘もあらためて対座してみるとちょっとした美少女で、河端君の顔が少しほころんでいるように見える。ただ私は、二人の眼差しに少し冷たい印象を持った。かつて兄が「思考と分析の積み重ねが作る目はクールで、詐欺師の目は感情に溢れている」と言ったことがある。そのような悪くない方の冷たさではあるが、あまり熱くならない体質のようだ。こういうタイプは得てして一度決めたら容易に曲げない頑固な人間が多い。

開け放した座敷の中を、奥座敷の方から涼しい風が通り抜ける。裏庭のクチナシの甘い香りがその風に乗って漂って、静かな二人が余計華やかに見えた。互いの挨拶が済むと、母親は遠くの稲田を眺めながら「のどかですねえ……」と言った。誉めているのか皮肉なのかちょっと分からないような平板な言い方だった。

小隠さんはニコニコしながら娘の様子を注視している。思ったより背が高く大人びた感じのする少女で、引きこもっているというのに意外にも浅黒く日焼けしている。聞けばこの四月までずっと陸上をやっていたそうで、そんな健康な子がまたなぜにと思った。ここまで彼女は一言しか発していないが、その目や表情からは、頭の中が目まぐるしく回転し、注意深く周囲を観察しているのが見てとれる。どうも普通の引きこもりではないようだ。

しばらくは当たり障りのない会話が続いたが、小隠さんが途中で何かに気がついたようで訝しげに娘を見た。母親は集落の世帯数や人口を興味深そうに聞いているが、娘はしきりと外を気にしている。よくよく見ていると、どうやらセミが嫌いなようで、庭の柳で鳴き始めると顔を向けたまま動かなくなった。セミはひとしきり鳴くとジジリと幹を横に移動し始め、突然パッと飛び立った。それに合わせて娘が顔を引いたので、小隠さんは吹き出してしまった。

「大丈夫かな？　ここは虫やヘビがウヨウヨおるぞ。軒下に青大将がブラ下がっとることもあれば、ムカデが朝のご挨拶に来たりもする。セミごときにのけ反るようじゃ畑仕事は務まらんがな」

「ライジョウブです」と娘は答えたが、ずっと黙っていたため、声が喉に張りついて変な音になり顔を赤くした。

どっと笑いが起きて一気に場が和んだ。

「しかしヘビやトカゲなら分かるが、セミが嫌いというのもめずらしいな。子供は喜んで捕まえたがるもんじゃが」と、小隠さんがやっと口を開いた娘との会話を続ける。

「それはよく知らないからで、間近で見ると目が不気味に横に飛び出していて、最悪にグロテスクな顔をしていますよ」と、瞳に熱を帯びた意外としっかりした答えをした。

「この子、小さい頃に公園でセミにおしっこかけられてから異常に怖がるようになったんです。むしろヘビなんかの方が大丈夫みたいで」と母親も苦笑した。

「ほう、そうですか。ところで今は夏休みで、何やらホームページに応募されたと聞きましたが、本当に滞在されるおつもりですか？　まあセミはおっても、猫ほどの大きさのはおりませんがな」と小隠さんが冷やかし気味に聞く。娘が口を開こうとすると先に母親が答えた。

「いえ、今回はどんな所かなと、ただ拝見しに伺っただけでして。娘がとても興味を惹かれたようで、一度見るだけでもと言うものですから……。それで、こちらの河端様ともご相談させていただいて、今日は見学かたがた久しぶりに親子で旅行をとお邪魔した次第です。さすがに子供を一人で遣るわけにも参りませんし、勉強の方もいろいろと予定が立て込んでおりますので、今夜は道後温泉に一泊して、明日には東京に戻る予定なのです」と、同意を求めるように河端君を見ながら言った。

小隠さんは「なるほど」と言い腕組みをして庭へ目を向けた。眩しそうに、何かを回想するように宙を見つめていたが、

「では、まあそういうことなら……。こんな山深い所もなかなか来ることがないでしょうから、少し辺りを散策されたらいい。一回りする間にトウキビでも焼いときましょう。帰りは途中に四国霊場の札所があり、樹齢千年の杉が有名ですから、河端君に案内してもらいなされ」と言っておもむろに麦茶で喉を潤した。

母親が静かに頭を下げると、

「えっ、ちょっと待ってください！　私は残ります」と娘が初めて大きな声を出した。

「そのつもりで来たんだし、ちゃんと募集もしてあるんだから、夏休みの間はアルバイトをして帰ります」

「あの、給料は出ませんが……」

と河端君はうろたえて補足したが、母親が困ったように彼を見たのでちょっと顔を赤らめた。

「分かってます。でも半日農作業をすればご飯は出るんですよね？　後は自由にしてていいって……」

母親は冷ややかな様子で聞いていたが、

「絵里子、あなたまわりの人のことも考えなきゃダメなのよ。皆さんお忙しいし、足手まといになる子がいると皆さんの負担になるのよ。気持ちは分かるけど遊びじゃないんだから。それに、……あなた今はそんな状態じゃないでしょう。今日はゆっくり見させていただいて、その後近くの霊場へもお参りして、夕方には二人で温泉に入りましょう。今日は帰らなきゃダメよ」と静かに娘を諭した。

「河端さん、ここは農作業のできる男性が必要なので、子供なんかがいたら却って迷惑ですよねえ?」と賛同するように促す。

「いや、まあたしかに……」と河端君は小隠さんの顔色を窺いながら言い淀んだ。

それでも娘は絶対に帰らないと譲らなかった。ダメな理由が分からないと言う。募集には高校生不可とは書いていないし、ボランティアで東北に行っている子はまわりにたくさんいる。納得のいく理由を聞けなければ自分の意志で残ると言って、しまいには二人とも黙り込んでしまった。

私たちは白けてしまい、お互いに持て余したように顔を見合わせた。深刻な家庭でなさそうなのは救いだが、思った通り二人とも頑固そうだ。感情を爆発させるタイプなら収束も早いが、この手の人たちは相手が折れるまでいつまでも待つことができる。下手に仲裁に入ると理路整然と反撃されるのがオチだろう。

こういう時、禅寺の住職なら小隠さんがしかるべき一喝でもと思うのだが、何か別のことに気をとられているようで呆けたように娘を見ている。仕方がないのでつい外を眺めた。

夏の光が稲田ではじけて目に痛い。風もなく入道雲は山の一部のように鈍重に空に張りついて、村全体が眠ってしまったようだ。こういう時刻に昼寝をすると、目覚めた時には白髪の老人になっていそうな気がする。浦島太郎伝説は、きっとこういうところから生まれたに違いない。しばらくして視線を戻すと、部屋の中が薄暗く感じた。

ハチかアブかの眠そうな羽音が聞こえてきて、障子紙に二、三度ブンブンと当たり、またどこかへ飛んでいった。

「恥ずかしい……」ぽつりと母親が漏らした。

娘の表情は一変した。やはり気が強い、というか私はこの子は少し精神疾患があるのではないかと思った。

「私だってお母さんの足手まといになってることぐらい分かってるわ、申し訳ないと思ってる。だから独りで考える時間が欲しいの！　夏休みの間だけだからいいでしょう！　私はもう子供じゃないし体力もあるから、半日くらいの農作業はできる。……それに……このまま帰ってもきっと死ぬだけよ。お母さん残してそんなことしたくないから、私をここに残して」と声を震わせ下を向いた。

母親は何かを言い返そうとしたが、さすがに死ぬという言葉に顔色が変わった。

「あの」と多恵さんが見かねて割って入った。

「今夜はうちに来ませんか？　私の家は母と二人だけだから、よかったら一晩泊まってゆっくり話し合ってみては……」

結局小隠さんの勧めもあって、その日は多恵さんの家に泊まることになった。

小隠さんは、「ここいらではまだホタルが見られる。今夜辺りは風もなさそうだから、八時くらいから川辺へ出てごらんなさい、星が落ちてきたような幻想的な光景に出会えますよ。いろいろ難しいこともあるだろうが、あの美しい光の群れは人の絆の有り難さを教えてくれる」というようなことを、意外にも標準語口調で言った。そこはさすがにお坊さんで、どこか親子の琴線に触れるものがあったらしく、二人は素直に従った。

そうと決まると、小隠さんはトウキビを取りに畑へ出ていったが、河端君は逃げるようにして後を追った。

多恵さんが二人を家に呼んだのは、娘の様子が気がかりなのもあるが、むしろ母親に興味を持ったためと言う。見るからに聡明で隙がなさそうに見えて、どこか純朴さを慎重に隠しているように思えた。それが、なんとなく自分と近い印象を持った。いうなれば、身近に体温を感じ取れる種類の人だった。

――以下は後日多恵さんが語ってくれた内容である。

風呂から上がると「これ、少しいきませんか?」と多恵さんはワインを出してきた。「あなたはダメよ、単語覚えられなくなっちゃうから」と娘をからかって、母のグラスにワインを注いだ。娘はしばらく起きていたが、「疲れたから話は明日にする」と言って早々に隣室へ引き取って寝てしまった。

少し酔いがまわり始めると自然と互いのことを話し出したが、やはり話してみると惹かれる部分が多かった。相手も多恵さんが京都大学出身と聞いて親しみが湧いたようだ。時間が経つにつれ肩の力が抜けて、目に優しい感情がこもってきた。

母は佐瀬諒子、娘は絵里子といった。東京の杉並区に母娘二人で暮らしている。夫とは七年前に離婚し、一人娘の絵里子は諒子が育てていた。

元の夫はすでに再婚をしていた。娘を溺愛していた彼は、何としても自分の手元に置こうと親権を最後まで争う気でいたが、再婚相手が激しく反発したために断念した。そのことで一時夫婦間がごたごたしたらしいが、向こうに子供ができてからは落ち着いたようで、その後は互いの交流もなくなったという。

父親が大学の研究職という家庭に育った諒子は、小さい頃から父の仕事に強い憧れを抱いていた。だから子供が生まれても仕事を続けるという条件で結婚したのだが、いろいろあってうまくいかなかったらしい。特に、途中から義母が口を挿むようになって余計にややこしくなったと言った。

多恵さんは黙ってじっと聞いていたが、諒子は最後まで一言も夫のことを悪く言わなかった。むしろ自分の時々の対応や思いに焦点を当て冷静に分析してみせた。そこにこの人の理知的な矜持と、優しさと、女としての弱さを感じた。

『この人は、私にあり得た未来図でもあるのだ』

そう思ったという。

互いの仕事のことも熱く語り合った。

「絵里子を食べさせていくためにも、ポジションを失うわけにはいかないからね、振り落とされないよう必死だったわ」と笑う。多恵さんも過去・現在の仕事について打ち明けて、貴重でユニークなアドバイスをもらった。

いつの間にか仕事の話に夢中になりすぎて、絵里子のことに話が戻ってきた時には深夜を回っていた。

「あの子は別にイジメとか馴染めないとかじゃないのよ。何を考えているんだか、毎日元気にブラブラしている。死ぬなんてくさい芝居をして、何としても居残ろうとする魂胆が見え見えだったわ。親のエゴでかわいそうなことをしたとは思うけど、あれは私を反面教師にしているのかしら。今が大事な時で、後で悔やんでも遅いんだけど、難しい年頃だから。まあ試験はちゃんと受けているし出席日数も計算しているようだから、元気なだけよしとしなければと諦めているの。ご迷惑をおかけするけど、多恵さんよろしくお願いしますね」とあっさり結論が出た。

真夏でも夜が更けると山里は冷えてくる。ふすまの向こうでは絵里子の規則正しい寝息が聞こえていた。若い子の寝息を聞くのはいつ以来だろうと二人とも思った。

「私がこまめに報告を入れるから、諒子さん安心して」と多恵さんが答えて、翌朝諒子は娘を残して一人で帰っていった。

河端君がまた空港まで送っていったが、戻ってきてから「あの人来た時とは別人でしたよ。途中で横文字入りの冗談飛ばすから、つまんなくて逆に緊張したわ」とボヤいているのでおかしかった。

絵里子は話し合いの結果、タマさんの所に行くことになった。「ちゃんと戦力になる」と言い張るので、それなら独り暮らしのタマ婆さんの手伝いがよかろうということになった。タマさんは「えっ」と驚いたが、印象は悪くなかったらしく「なら手伝うてもらおかの」と快く引き受けた。こうして年の差六十のペアが共同生活を始めた。

あくる日の午後、川辺で釣りをしていると通りがかった多恵さんが「釣れた?」と声をかけてきた。側に下りてくると「どれどれ」とバケツを覗き込む。魚が飛び出さないようバケツには蔦の葉を浮かべてあった。

「まだ一匹か……。がんばって釣ってね、今夜は絵里子にアメ（の魚）の串焼き食べさせてやりたいから」と楽しそうに言う。

「今日は仕事休みですか?」

「午前中でね。午後から所長たちが視察に出たから半休になったの」

「じゃ絵里ちゃんのために一緒に釣りませんか？」

「ダメ。私、川の流れを見ていると自分が上流に向かって動くようで気持ち悪くなっちゃうの」と立ち上がった。

「……そういえば小隠さんは標準語も話せるんですね」

「だって小隠さんはもともと東京にいたんだもの。たしか生まれは広島だけど、来る直前まで住んでいたはずよ、知らなかった？」

「えっ」と私は驚いた。

ちょうど多恵さんの生まれた頃に村に来て、独身だった先代の跡を継いで住職になったらしい。詳しいことは多恵さんも知らなかったが、最初はお遍路として来ていたようだ。

多恵さんが行ってしまってからも、川面を見ながらしばらくそのことが気になった。てっきりこの土地の人だと思っていたあの小隠さんが、かつてはお遍路として四国路を巡っていたとは……。ノブさんの顔もちらついてどうも東京とは結びつかない。上流へ動いていく錯覚を覚えながら、しばらくは小隠さんの遍路姿が頭を離れなかった。

夜になると、またいつものメンバーが寺に集まった。今夜から新たに十五歳のアイドルが加わる。河端君は絵里子に「ラム」というあだ名を勝手に付けて、皆にも流行らせようとしていた。『天空のラム』に惹かれてやってきたからという理由だったが、年寄りたちには外人みたいだと不評だった。結局本人だけが意地を張って使っていたが、それでもなんとなくあだ名はラムになっていった。

最終的にアメは二匹しか釣れず、後はめいめいの持ち寄った惣菜で賄ったが、それでも毎度のこと、余るほどの量だった。絵里子は「おいひぃ」と言って串焼きを頬張った。新顔の彼女だったが、まわりが祖父母の年代のせいか、緊張もせず物めずらしげに辺りを見回している。こういう年頃の子が一人いるだけでこんなにも場が明るくなるものかと、同じ外様の私は自分と比較して驚いた。

絵里子が席を外した時「あの子はどがいな?」と小隠さんは聞いてみた。タマさんはちょっと吹き出してヒッヒッと笑いながら、「ちょっと内緒やけどな、夜中にあの子に起こされたんよ。……おばあちゃん、おばあちゃん、ごめん、トイレ付いてきて……」

「わっ」と皆笑った。

私も一緒になって笑ったが、内心は絵里子に同情した。村の人たちは平気だろうが、都会から来た人間にはこの人気のない山里の暗闇は恐怖だった。来た当初は、私も夜の離れが怖かったものだ。

「あの子、セミだけは嫌いらしいわ。気持ち悪いのと他に簡単に死ぬのが許せん言うとった。この辺の子と違うて変わったこと言うの」

「こないだ死ぬかもしれん言うとったけん、ひょっとするとセミと一緒に成仏するかもしれんぜ」と小隠さんが酔って冗談を飛ばす。タマさんは坊主にバカにされたと思って「縁起でもないこと言いな！」と憤慨した。それを見てまた皆笑う。孫のような子がいて年寄りたちの気持ちが浮き立っているのが見てとれて、私は微笑ましく思った。

明日の朝が早いからと、タマさんは絵里子を連れて早目に帰っていった。それを潮に残りの者も早々に引きあげた。

小隠さんと二人になった。私は小隠さんに東京にいたことを聞いてみたかったが、なぜか言い出せなかった。

「今夜は少し座るかの」と小隠さんが言い、私たちは離れへ移った。三メートルほどの間隔で向かい合って座り、真ん中に太い線香を立てた。線香は時計代わりで、燃え尽きると約一時間になる。私は正式な座禅の座り方ができないので、片足だけを上げて座る。

呼吸を整え座禅を始める。来た当初は、この一時間が三時間くらいに感じた。足や背中が痛くなり、頭の中は雑念が積乱雲のように湧いて下腹部がムカムカする、まさに心身ともに苦痛の時間だった。最近になって少し長く座れるようになったが、気がつくとやはり雑念を追い回して悶々としている。それでも最初の頃のような七転八倒は少なくなった。

ごく稀に、数秒ほど無心の状態になることがあった。そんな時あの感覚が掠めることがある。あっと思った時にはもう影も形もないが、どういうつながりなのか胸が高鳴った。それが力となりこの苦行を続けている。私は次第に熱中するようになり、それにつれて不安が少しずつ軽減されていくように感じた。

小隠さんは毎朝必ず一時間ほど座禅をする。夜はその時々だったが、毎月十二日だけは裏庭の小さな庵に終日籠もった。本人が言うには「普段、在家の農夫の暮らしをしているので、中旬の一日は接心のつもりで集中して打ち込む」のだそうだ。その間は誰も庵に近寄らせなかった。庵の左右にはクチナシとイチジクの木が植えてある。二つの木には何か意味があるのかしらと思った。


翌朝から大根の出荷作業が始まった。各家から早朝の四時に人が畑に出て大根を収穫し、道路脇に寄せておく。それを私が軽トラックで回収して、それぞれの家の洗い場に届けるのだ。後は各自がきれいに洗い、乾かして箱に詰めておくと、十時に農協のトラックがやってきて卸売市場へ運んでいった。

　タマさんの家に回ると、絵里子がゴム手袋をはめて洗い場に立っていた。少し眠そうな顔で「おはよう」と言う。水の反射を受けて十五歳のみずみずしい肌が美しかった。今日から手始めに大根の出荷作業を手伝うという。

「無理せんで休み休みでええよ」とタマさんは楽しそうだった。ちょっと気の強い者同士の二人はほんとうの家族に見える。

「お婆ちゃん、大根はお金になるの？」と泥を洗い落としながら絵里子は聞いた。

「そりゃ、値がええ時もあれば悪い時もあるよ。だから時期を分けて植えとるの。当たった時はそりゃ嬉しくて精が出るわ。……エリ坊、あんた洗い方上手やね、筋がええわ。このままここで婆ちゃんと暮らさんか？」

「私のことエリ坊と呼ばないといてや」と絵里子は変な方言を返した。

　しばらく他愛のない二人の会話を楽しんだ。年寄りといるとより子供に返るようで、なんだか無邪気に楽しそうだ。そういえば彼女には祖父母がいなかった。母方は幼い頃に亡くなっており、父の方は断絶したままだ。何のためにこんな山里くんだりまで来ているのかは依然謎だったが、今の彼女は何も考えないで、いわばニュートラルな状態で楽に呼吸しているようだ。このペアは双方にメリットが大きいな、と、そんな風に思った。

ふと、まだ二軒分回る所が残っているのを思い出し、急いで車に戻った。ルームミラーを覗くと二人は手にタオルを持ったまま何やら大笑いをしている。農道を走っていくと川岸から温められた水蒸気が霧になって昇っていくのが見えた。時々、軽トラに驚いたバッタが前を跳ぶ。もうセミの声が幻聴のように聞こえている。大根の回収作業はその後一週間ほど続いた。

三、お堂

それが一段落した翌日、私は頼まれた数軒分の買い物リストを持って午前中に町まで買い出しにでた。ついでに髪を切ろうと思い、買い物の後に理髪店に寄った。出てきた親父が、「今日は足が痛うていかんのじゃ、明日にしてくれんか」と言ったので閉口した。それなのにサインポールは呑気にカラカラ回している。

仕方がないので役場に河端君を訪ね、多恵さんも呼び出して三人で昼食を取った。先ほどの床屋の話をすると二人とも爆笑した。「とぼけた親父じゃ。あんなのに刈られるとカッパみたいな頭にされるぞ。崇史さん、頭は松山まで下りた方がええよ。ここは昭和で時間が止まっとるけん」と河端君が涙目で言った。

　この田舎の旧宿場町にもこの店のように多少しゃれたレストランもできてきたが、昔からの商店などはたしかに遠い昭和の匂いがする。私はそういう古い香りが大好きだったから、床屋の親父のことも別に腹は立たない。むしろギアナ高地のテーブルマウンテンのように、町ごと悠久の時間を逍遥していてほしい。

「ねえ、峠のトンネルで幽霊が出たって話、聞いた？」と、多恵さんがコーヒーを飲みながら言った。

「えっ、本当？」私と河端君は声をそろえた。

　終戦後間もなくの頃、峠の頂上付近で殺人事件が起きた。村から使いに出ていた若い娘が絞殺されて金品を奪われたのだ。当時は大騒ぎになったが、なにぶん、まだ戦後のどさくさが続いており、結局は迷宮入りになってしまった。娘の父親は「絶対に仇を取る！」と犯人を捜し回ったが、気の毒に本懐を遂げることなく亡くなっていた。

　その後、何度か女の霊が出ると噂になったことがあるらしい。通りがかった村人がふと大木の根本に目をやると、白いブラウスを着た緑色の顔の女が、口から血を流して座っていたと……。そして夜になると狐火らしきものが山の斜面を徘徊する。あれは父親の霊が娘を捜してさ迷っているのだと言われていた。

今回はトンネルの入り口付近で、夜に車が通るとヘッドライトの前を白い服の女が横切るというものだった。

「私、一人で夜走るでしょう。もう怖くって、よほど試験場に泊まろうかと思ったわ」

「止めてくださいよ、オレも毎晩あそこを通るんだから」と意外にも河端君が怖がった。

多恵さんは笑って河端君の臆病をからかった。

「大丈夫よ、犯人は捕まったから。トンネルの下の家に住む男子高校生がおもしろがって白い布を被っていたんですって。昨日、親と警察に呼び出されてこってりと油を絞られたそうよ」

私は結末を聞いて冷やかすように河端君の肩を叩いたが、内心はホッとした。この村に来て初めて、自分がどれほど暗闇や霊の類に臆病なのかを思い知った。東京にいた時は全く気づかなかった。正確には霊ではない。それならば人とか動物とか、少なくとも形をイメージできる。暗闇から私に触れてくるものは無だ。有の対照としての無でなく純然たる無だ。幼少の頃からあの奇妙な症状として表れ、私を傷つけうつ状態へと追い込んだ無だ。

発作はこの先も付き合っていくとして、この奇妙な感触を克服しなければせっかく快復してきてもまた繰り返すだろう。

——どうにかしたいと思う。

「そうか、その話ラムに聞かせたろ。きっと怖がるぜ」

と河端君がふざけ半分に言った。

「ダメよ！　絵里には冗談で済まないから。そんなことして、何かあったら君の責任だからね。諒子さんに顔向けできなくなるわ」

と多恵さんは真顔で河端君を叱った。

おそらく、うつに近い状態にさえ無縁であろう二人を見ると、私は一人だけ圏外に孤立したような複雑な気分になった。

町から戻ると小隠さんに話してみた。

「ふむ……」と小隠さんは腕組みをして考えていたが、「あまり深刻になる話でもないと思うがなあ。怖い時は素直に怖いでええ、気にし過ぎると却って重荷になるぞ」と言う。

「まあ、臆病を治したいと言うならおもしろい話がある。昔、勝海舟は胆力を練るために丑三つ時に寺の境内で座禅をしたそうだ。最初は恐ろしかったが、しまいには泰然自若として風の音にも雅趣を感じたいうことだ。この村の奥に古いお堂がある。今は使われとらんのでだいぶ荒れとるが、どうだ、夜中に行って座禅してみる勇気があるか？　いい修行になるぞ」

――それはさすがに躊躇した。そのお堂の付近には人家は一軒もない。しかも鬱蒼とした杉林の中にあり、昼間でさえ薄暗くて何かが棲みついていそうな所だ。つい先ほど幽霊騒ぎの一件を耳にしたばかりのこのタイミングで、真夜中にあそこに出かけていくなど正気の沙汰とは思えなかった。返答に窮していると、小隠さんはあえて返事を待たずに行ってしまった。

二、三日思い悩んだ。いくら小隠さんの言うことでも、これでは単なる肝試しではないか？　自分の意図したところとは違うし、それならばここの境内でもよいだろう。前の畑でも、なんなら裏の墓地へ行ってもいい。しかし行かない理由はたくさん浮かんでくるが、あの小隠さんのことだから何かある気がする。それに自分から言い出したことでもあるので、とりあえず明るいうちに一度行ってみることにした。

道の途中には杉と竹藪の覆いかぶさった、川沿いの薄暗い場所を抜けねばならない。そこに差しかかった時点で気持ちが半分萎えた。仮に夜ここを通るとして、この先にもし老婆でも座っていたら、私はきっと腰を抜かすだろう。

一般に人の存在しない自然の奥深くに入っていく時は、実に奇妙な感覚が湧き起こる。木や草だけでなく、鉱物までもが息を吹き返し霊的な存在になるのだ。この春先にも経験したことだが、文明を離れることは神的世界を垣間見ることだ。この世の奥深いところからの視線を感じ、実在の裏の世界が触れてくる。だから人は山に登るのだし、バベルの塔の構築をも試みる。それはある点では野性に還ることでもあり、発作の時に私を襲うのはこの感覚だった。いずれにしろ、それは恐怖や残虐や歓喜の向こうにある。

お堂は最後の棚田を越えて、さらに奥の川を渡った所にある。さすがに橋はコンクリートでできていたが、堂へ上る階段は木の枠で、枯れた杉柴が散乱していた。両脇を巨人のような大木が連なっている。階段をよろよろと上った先にテニスコートほどの空間が広がっていて、その奥に小さなお堂があった。

堂宇はささやかな能の舞台のようになっていて、塗料の消えかかった絵馬が数枚かかっていた。舞台の奥手には上半分が格子になった観音開きの扉があって閉まっている。おそらく、中には獅子舞や神楽の道具が収納されてあったのだろう。カビ臭さとともに、古い時間がまだ辺りに停滞していた。ここで丑三つ時に座禅をするのは相当な覚悟が必要だ。

少し建物の周囲を歩いてみた。わずかに陽の当たる地面には草が生い茂っているが、建物のまわりは石を敷き詰めて防いである。舞台の上り口の階段に腰をかけて、あらためて周辺を眺めていると、林の外で鳴くセミの声がにわかに聞こえてきた。鬱蒼とした杉が外からの音を吸収し、側を流れる川の音さえ遠くに聞こえる。

このお堂は、かつては収穫の後の奉納や祭りに使っていたのだろう。厳しい労働に耐えて収穫の秋を迎え、冬が来るまでのつかの間を、酒を呑み神楽を舞った昔の人々が目に浮かぶようだ。娯楽の乏しかった当時、秋の木洩れ日の中で興じる舞は何よりの楽しみだったに違いない。その時の人々の笑顔が、残像のように辺りに溢れている気がした。そう思うと妙な安心感が湧いてきて、とりあえず今夜が晴れて満月だったら決行しようと腹を決めた。

夜、東京の倍くらいの大きさをした月が正面の尾根から浮いて出た。雲の白さまで分かる煌々とした満月だ。

零時半を待って寺を出る。月はもう南の空に低く懸かっていた。水田の脇へ来ると、草むらに月見草が数本咲いていた。心臓が高鳴っているせいか、鮮やかに浮かび上がる黄色い花が何か不吉な生き物に見える。村の奥へと続く高台の道まで来て、ふと振り返ると里が一望できた。白夜のような明るさで、畑でタマ婆さんでも草取りをしていそうだった。例の竹林を通過し、眠らぬ谷川の音に沿って進んでいくと、やがて前方に黒い森が見えてきた。心臓の鼓動はますます速くなる。背後に誰か立っているような気がして、引き返すなら今だと思ったが、もはや引き返すのも恐ろしい気がした。

林の階段は暗かったが、お堂の周囲は月光が照明のように射し込んでいて、屋根が明るく輝いていた。舞台の上に人がいるように見えたが錯覚だった。

かなり躊躇したが、意を決して舞台に上がる。懐中電灯を置いて、まずは奥へ向かって真ん中辺りに座った。

いきなり前の扉が開かないか、扉の奥から誰か見ていないか、背後に人がいないか——と、気持ちは恐怖に揺れ動く。感覚の問題だと分かっていても、どうしても周囲に何かの存在を感じてしまうのだ。三、四十分ほどは固唾を呑んで辺りの気配に神経を尖らせ続けた。

しかし、それを過ぎるとフッと感覚が途切れ、あらぬ方向を意識がさ迷うことが多くなる。徐々に注意が内側にも向くようになり、行ったり来たりを繰り返しながら沈潜し始めた。外部への恐怖は変わらないが、並行してあぶくのように想念が浮いてきて、やがて会社を辞めざるを得なかった時期が思い起こされると、当時の苦渋が甦ってきて、外の世界が消えた。

パキッと枝を踏む音が聞こえた。びくりと身体が反応して思わず血の気が引いた。おそるおそる振り向くと――何もいない。よく聞けば、軋みや擦過音、物の落ちる音などがいたる所でまばらにしていた。もはや不思議とも思わない。あれは森の奥から響いてくる物の怪の声などではない、自然の運行だけで音は様々にするものなのだ。そう思って今度は姿勢を表に向けて再び座禅を続ける。

先ほどまではただの黒い影だった草が、月の光に照らされてぼんやりとした緑色になっている。何も動かない、外界も内界も……静止……。

次の瞬間、草木と自分の境がなくなって真っ白になった。

その後はしばらくの記憶がない。五分ほど経ったかと思うと、気がついたらもう三時を回っていた。その間私は森の中に居ることも座禅をしていることも忘れていた。

間近に夜明けの気配を感じながら、来た道をまた戻っていった。

翌朝、朝食をとりながら昨夜のあらましを小隠さんに報告した。いもしない老婆や、ただの扉が怖かった話などを小隠さんは愉快そうに聞いている。

「昨夜行ってみて、自分の心の傷が深いのがよく分かりました。苦しかった当時のことを思い起こしただけでまわりの情景が気にならなくなりました。枝の折れる音を聞いてからはその後の記憶がありません。気づいたらもう二時間以上も経っていて、もしかしたら気を失っていたんじゃないかと……」と言うと、「ほうっ」という顔をしてしげしげと私を見た。

その後お堂へは二度行ったが、なんとなくもう充分という気になり、またぞろだんだん恐怖も甦ってきたので、一応修行は終了ということにした。

「どうだった？　だいぶ、ためになったかえ？」と、しばらくして小隠さんに聞かれた。

「慣れりゃ何ということもないじゃろ。前に話したお遍路の首吊りの件な、ワシはあの時死体の夜番をしておったんじゃ。夕方に連絡を受けて警察が来るまでと頼まれての、焚き火をしながらテラテラと火影に揺れる死骸の番をした。最初は気味が悪かったが、慣れりゃなんともない。力なく木から垂れ下った男を見ているうちに涙が出そうになった。お遍路をして死なねばならんよっぽど辛いことがあったんじゃろ。解放されて幸せなそうな顔をしとったわ」

私は小隠さんの豪胆なことに驚いた。この小柄で柔和な老人のどこにそんな力が潜んでいるのだろうと不思議に思う。そして話を聞きながら、ふと頭に離れの奇怪な水墨画が浮かんできた。あの二枚の絵は、もしかするとその縊死した男が描いたのではあるまいか？お遍路としてやってきて、巡礼の果てにあの世界に触れて生と死を超え、寂滅を選ぶにあたって想いを描き残していったのではないか、そんな気がしてきた。

「小隠さん、もしかして奥座敷の絵はその亡くなった男性が描いたのではないですか？」と、私は少し興奮気味に尋ねた。

小隠さんは怪訝な顔をしていたが、「あれか、あれは先代の住職が描かれたものだ。なかなかじゃろう」と否定した。

「先代は水墨画に造詣が深くて、書道と合わせて熱心に取り組んでおられた。書は亡くなるまで続けられたが、絵の方はあの二枚を描きあげると止めてしまった。他は全部処分したから、残っているのはあれだけだよ」と言い、遠くを見るような目をして「思い入れがあったんじゃろなあ」とつぶやいた。

「先代は家族を皆、広島の原爆で殺された。父は師範学校の教師をしていて、母と小さな弟妹がいたらしい。地獄の戦場から帰ってみると、故郷はもっと地獄だったと言っていた。生きて帰ったことを相当に悔やまれたようだ。行くあてもなく、遠い親戚であるこの寺に身を寄せて跡を継いだらしい。あまり多くは話されなかったが、あの一発の爆弾の下には『行って参ります』と言って登校する子供たちの普通の朝があったとよく言うとった」

　小隠さんはしばらく畑を見つめて黙っていたが、思い出したように私を振り返ると「相変わらず想像力が豊かじゃな。悪いことじゃないが、あまり妄想を逞しゅうすると自分の首を絞めるぞ」と冷やかした。

　私は苦笑いしながらも打ちのめされてしまった。あの絵の持つ真の異様さが理解できた。あれは本物の地獄を描いているのだ。なまじの宗教や哲学では抗えない生々しい地獄。丸刈り頭の少年が灼熱の炎に焼かれ、眼球が斜視のように飛び出して炭になる。おかっぱの少女が狂ったように泣き叫び、母を呼び続けて息絶える。わずか七十年前の出来事だ。あの靖国の老人の実の時代だ。そしてここにもその時代を生き、長い残滓の余生を絵と書に込めた人がいる。

　気分が悪くなってきた。小隠さんが畑へ出た後も、私は離れへ戻る気になれなかった。沈んだ気持ちのまま寺を出ると、自然と足はお堂へ向いた。

　落ちた視線の先を小石や木の影が過ぎていく。お堂に着くまでの間、私の脳裏にある映像が去来していた。それはいつだったかテレビで見た「脳死と死後の世界」をテーマにしたドキュメンタリー番組だった。引きこもっていた時に録画までして何度も観たからよく憶えている。

その中で、ある著名な脳科学者が、自らの臨死体験をもとに死後の世界を否定から肯定へ変えていた。これに対してある女性科学者は「無い」と断言した。彼女は様々な例証を挙げ、すべての臨死体験は大脳の崩壊過程で起きる記憶のフラッシュバックで説明がつく、だから「無い」と。

内容的にはそれだけの話で、私にはどっちもどっちだったが、肯定した方はより人間的に、否定した方は冷血なように勝手に解釈しただけだ。人は死後にもご褒美の世界があることを望み、否定するものは原爆を造るような悪魔に見えやすい。

それにしても人間は死んでまでも存在することを渇望する。注意してみるとこの世界は弱肉強食であり、残虐、殺人、憎悪、うつ、軽蔑、虐待、疎外、孤独……もろもろの穢土に満ちている。だからこそ愛や慈悲が対極としてあるのだが、それでも存在することには限りない執着がある。苦しむ者への共感、憐憫もある。本能といってしまえばそれまでだが、なぜ存在していなかったものが突然発生したに過ぎないのに、こんなにも存続することに執着するのか、消えることを恐れるのか。進化とは執着の歴史であり、その存在以前、以後のことは知りようもない。実に理不尽なものとしてこの世に設定されている私たちに唯一残されていることは、生存を続けてゆくか、自らの手で断ち切るかの選択だけだ。存続を選ぶならば、世界を是ととるか否と解釈するかは自由で、この身が消滅するまでそれは変わらない。それもまた限りなく不条理なことだ。

お堂に着いた。あの夜、巨木に囲まれた真っ暗な森の中に奇跡のように月光が射し込んでいた。荒れた堂の屋根が金色に輝き、宇宙の片隅の小さな奇跡に思えた。

上がり段に腰を下ろして見回すと、ありふれた夏の一日がじっとしている。陽光が草の緑を白っぽく変えて、林の中には暑さを逃れてきた大気が静かに固まっているようだ。見上げると木立に区切られた狭い空をゆっくり白雲が流れ、木々が回転して倒れるような錯覚を覚える。あの日、こんな穏やかな夏雲の上を、爆撃機が糸を引いて広島に向かって飛んでいったのだろうか。

不意に笛や太鼓の音が聞こえるような気がして、激しいめまいを感じ、私は体を支えることができずに舞台の上に倒れ込んでしまった。軽い吐き気を覚えながら『このお堂は昔からこの村のヘソ、すべての中心だったのだ……』とぼんやり考えつつ意識が遠のいていった。

突然「おい」と呼ばれたような気がして目を開けた。見慣れぬ景色に慌てて周囲を見渡すと、まだお堂の中だった。どうやらあのまま意識を失っていたらしい。少し頭が重い。今何時だろうと時計を見ると、三時を少し回ったばかりだった。早くもヒグラシがどこかで鳴いている。三十分以上も板の上に寝ていたので体の節々が痛かった。

上体を起こすと脱皮したようにすべてが軽くなっていた。不思議な感覚だった。体も心も空っぽになったようだ。辺りは風もなく静かで、グルグル巡っていた想念も何一つ浮かんでこない。

私はぼんやり林や草の表層に視線を滑らせた。

私はここにいる、私の意識はここにいる、……そして彼らはあそこに立っている……。突然、何かが閃くように満ちた。それは私の中に満ちたのか、外で満ちたのか、どこか遠くに満ちたのか、分からなかった。それは、何もない……しいていえば虚空だ。

虚空……私は喜悦のあまり狂人のように笑い出した。

人は生きている限り病気や怪我をする。風邪を引いたり腹を壊したりの軽微なものから、癌や脳疾患など重篤なものまで様々だ。数知れぬ小さな病気であれば、治ればすぐに忘れてしまい重く精神にのしかかることもないが、生死に関わる事態となると病は人生の大半を占めてしまうだろう。一つの苦悩はより大きな苦悩によって救われるというが、ある病はより不幸な人によって慰められ、浄化され、癒されることがあり得る。一つの苦悩で完結してしまうと残るは破滅しかない。では、甚大で重篤な人は何によって慰められ浄化されるのか？

それは虚空だ。虚空はすべてを満たし包含する。

私の病がどれほどの位置にいるのかは判然としない。しかし形の上では肉体の欠損・崩壊はなく、実質的な障害は二度の長期睡眠と数度の半意識喪失だ。それも死を目前に控えているわけでもないのに、精神は実態の何倍にも大きく捉えてきた。そうして膨らませた苦しみを長い間引きずり、また苦悩する人を見てきた。

私は一つの人生の結節点を回ったような気がした。私の病はこの先も消えることはないだろう。発作や眠りが起こるか治まっていくのかは分からない。でも明日からは自分のあり様は全く違って見えることだろう。

――私一人がミュータントではないのだ……。

私の中から熱いものがこみ上げてきて、目を伝ってぽろぽろと世界にこぼれ落ちていった。

寺に戻ると、小隠さんが野菜をザルに入れて運んでいた。私に気づくと近寄ってきてジロジロ見始めた。

「何か分かったか？」

「はい、私の中のお化けが大したものじゃないということが分かりました」

小隠さんは静かに笑って「トマトでも食うか？」と聞いた。

四、滝壺

翌日の午前中はマサシさんの山へ蔓切りにいった。下刈りをした後は定期的に見回らないと、すぐに藤やカズラなどの蔓が繁茂し樹に巻き付く。

この蔓の強靱さと繁殖力には毎回驚かされる。どこからともなく生え出て低木に取り付き、締め上げてさらに空中をもつかもうと触手を伸ばす。厄介な植物ではあるが、私にはこの強靱さは羨ましい。ただひたすら、強靱に愚直に生きている。

ひと休みしていると、なんと絵里子がお茶菓子を持って登ってきた。

「お婆ちゃんが二人に持っていってやれだって……」と息を切らせて言った。

「そりゃそりゃ、よう一人で来れたの」とマサシさんは驚いた。

「ラジオの音を目当てに来たけど、けっこうキツかった……」

マサシさんは腰に小型ラジオを提げて鳴らしている。よく株式市況や大相撲中継を聴いていた。今日は三人で音楽を聴きながら茶菓子を食べる。

「絵里子さん、タマさんはニトロをちゃんと飲みよるかな?」とマサシさんが聞いた。

「ニトロ?」

「心臓の薬じゃ。婆さん時々嫌がって飲まんことがあるけにな……」

「えっ、お婆ちゃん心臓が悪いの?」

絵里子の顔が少しこわばった。

「大したことはないがの……年取りゃ皆どこぞは悪くなるよ。ワシも頭が悪うていかん」

途中でまずいと思ったのか笑わせようとしたが誰も笑わなかった。マサシさんは少しうろたえて、

「また要らんことを言うてしもたの……。絵里さん、心配せんでええ。婆さんは何も大したことないけん。あんたが可愛げによう手伝うてくれると喜んどったよ。ほんで崇史さん、

今度の日曜辺りにな、絵里さんをご褒美に滝つぼ見学にでも連れていってくれと婆さんが言うとったぜ」と話を逸らせて黙ってしまった。

絵里子は一時間ほど私たちの後にくっついてきた。一人で帰るのが不安だったのかもしれない。一区切りついたところでマサシさんと別れて二人で山を下りた。日曜日に滝つぼを見にいきたいか聞いてみると「行きたい」と言うので、暇だったら多恵さんや河端君も誘っていくことにした。

途中の川沿いまで来ると絵里子は沢へ下りてみようと言い出した。少し淵になった所に平たい岩があるのでそこに下りた。

細い谷川は両岸から木が枝を伸ばして、川下の方は日陰のトンネルができている。ここはポッカリと空いて一面に光が降り注ぎ、上流から滑り落ちてくる水がキラキラと反射して眩しい。川の深いところは緑色で底が見えないが、こちらに流れてくるにつれて浅く透明になって下流へと通り過ぎていく。時々泡と一緒に小枝や葉っぱが浮いてきて、何度か浮き沈みを繰り返した後に目の前を流れていった。

「おもしろいなあ。水がどんどん流れているのに、全体の形はほとんど変わらないんだね」と無邪気に喜んでいる。

水に足をつけたり石を投げたりしてはしゃぐのを見ると、ませたことを言ってもまだ子供だなと思った。流されてきた若葉を取ろうと手を伸ばしたので、ふざけて肩を押したら悲鳴をあげて真顔で怒った。

川下からカワトンボがスーッとトンネルを抜けて上がってきた。からかうように二人の目の前でUターンすると、また滑るようになめらかに下流へと帰っていく。赤茶けた錆色の翅をしており、この辺りではカジカ（火事蚊？）とも呼ばれ、殺すと家が火事になるといわれていた。

絵里子は何かを考えるようにトンボを目で追っていたが、振り向くと「ニトロ飲むのって相当に悪いのかな?」と聞いてきた。

「さあ、人によるんじゃないか。親戚に十年以上飲んでいる人がいるけど、今でも元気だよ」

「私の友達に心臓病で亡くなった子がいるの。直接の死因はクモ膜下出血だったらしいけど」

私は彼女の横顔を眺めた。骨格は大人になりつつあるが、表情にはまだ幼さが残っている。時には実年齢より幼くすら見えるくらいだ。だから年寄りたちは孫のように可愛がっている。彼女はよく小隠さんにせがんで八十八ヶ所の寺院に連れていってもらっていた。住職の話を聴くためには小隠さんが必要で、ノートを持参で三ヶ所ほど行ったらしい。「今時の子にしてはめずらしいのォ」と感心していたが、どうやらそれとこの話は関係がありそうだ。

しばらく待っていたが、絵里子はそれ以上は何も言わなかった。谷川は居続けると、流れの音で別世界にいるような感覚になる。それでそんなことを思い出したのかなとも思った。

日曜日、河端君は張り切っていた。「ラムに滝つぼに潜るとこ見せてやる」と水着をはいて出てきた。

車で林道を奥へと入り、遠くに水音が響いてくる辺りに来て停めた。

この滝は「山越えの滝」といって、山道を分け入った所に三十メートルほどの高さを三段になって落ちていた。二段目の滝が岩の棚を穿ち、深さ四メートルほどの気味の悪い穴を作っている。下から見上げただけでは分からなくて、そこへ行くには横の急斜面を登り、崖を水平に移動するしかない。狭い足場はあるが岩が濡れている所は気を付けないと危ない。四人で慎重に渡った。

滝つぼに出た。それは岩棚に空いた直径二メートルほどの穴で、せり出した崖と雑木が影を作り、暗い水を湛えて底の知れない不気味さがある。昔、樽を沈めたら二キロ下流の淵から浮いて出たという伝説があった。見慣れていてもちょっと後ずさりしたくなるような光景で、初めて目にする絵里子は心持ち緊張で蒼ざめて見えた。

そんな空気を察して河端君は得意になった。手早く脱いで水着になり、「じゃ、ちょっくら潜ってみますか。ラムちゃん、底の石を取ってきてあげるね」と足から飛び込んだ。

「やめて！」と絵里子は叫んだが、河端君は指でＯＫサインを作って一気に沈んでいって見えなくなった。

……二秒、三秒……十秒以上が経過した。なかなか浮いてこないので少し心配になり始めた頃、暗い水の底から石鹸のような白い顔が浮かび上がってきた。

「…………」

突然絵里子が、うめき声をあげてしゃがみ込んだ。口を押さえて、しゃくりあげるように激しく肩を痙攣させている。

「絵里！」

多恵さんが驚いて肩に手をかけたが、絵里子はそれを手で払い脇の流れへ行って吐いた。吐き終えると手と口元を何度も洗い、息を整え幽霊のように立ち上がって、

「もう帰ろうよ。ここ、なんだか怖いよ」

と顔を歪めた。

河端君は水から上がって「じゃあオレが先に行くからついておいで。多恵さん落ちないように後ろから見ててやって」と言って三人で戻り始めた。

少し遅れて私も後を追う。そろそろと日陰から日向へ出たその時、目の奥がジンと鳴って思わず立ち止まった。前方を見るとこぼれ落ちる飛沫の先に三人の姿が無音でおぼろになっている。どっと冷や汗が出た。

『今ここで発作はしゃれにならない！』

慌てて濡れた岩肌に両手を浸し、無意識に滝つぼを振り返ると前よりも大きく膨らんで見えた。

『あそこは木陰にはなっているけれど、なぜあの水はあんなに暗いのだろう』

そう思った時背筋を悪寒が走った。「ウォ〜ン」と地鳴りのような低い音が崖いっぱいに響き渡り、黒い水の奥から何かがじっとこちらを見ている……。

車に戻るまでの間に絵里子は血色もよくなり、「もう大丈夫」と元の状態にまで回復していた。むしろ遅れてきた私の顔色を見て皆が驚いた。

寺に着くと、帰りが早いのを訝って小隠さんが畑の中から顔を出した。事情を聴いて絵里子を見ると、裏へ行って冷えたスイカを持ってきてくれた。

「大切な預かりものを、怪我でもさしたらえらいことじゃった」と、縁側に腰を下ろした私たちを見下ろしながら咎めるように言う。滝つぼの話が出た時、小隠さんは危ないから止めた方がいいと反対したのだ。それをあえて強行したのだから、私たちには返す言葉がなかった。実際にあの場所では二年ほど前に、沢登りをしていた大学生のグループが滑落して大怪我を負っている。地元でも子供たちには近づかないよう注意している所だ。

「タマさんも危ないことをさせよる」と渋い顔をしたが、この時は絵里子が「おばあちゃんは悪くない」と庇った。

「まあ、都会の子には刺激が強すぎたかのォ。地元の人間でもあそこに潜れる奴はそうおらんけ」と河端君が半分自慢げに言うのを聞き流して、

「あの滝つぼを見た時、ヨモツヒラサカの話を思い出したの……」と絵里子が小隠さんに向かって言った。

「なに、英語？」と河端君は聞き返したが、すぐに多恵さんが「古事記ね」と訂正した。

「そう。私の一番仲のよかった友達が亡くなって……思い出したら気持ち悪くなっちゃって」と言って次のような話をし始めた。


絵里子には友部理沙という幼馴染の親友がいた。小学校三年生の時に同じクラスになってすぐに仲よくなり、その後は中学を卒業するまでずっと同じ学校に通った。

理沙は心臓に持病があって、よく学校を休むことがあった。知り合って間もなくの頃にも二週間ほど入院したのだが、その時、絵里子は諒子にせがんでお見舞いに連れていってもらった。それを理沙の母は非常に喜んで、会うたびに何度も絵里子にお礼を言った。大人からそんなにお礼を言われるのは初めてなので、少し緊張もしたが得意な気がして嬉しかった。両親が離婚して寂しい思いをしていた絵里子は、「また来てね、お友達でいてやってね」という母の言葉にその後も頻繁に理沙の元を訪れた。

理沙はいつも優しく迎えてくれた。体調がすぐれず顔色の悪い時でも、黒い瞳を潤ませて絵里子に笑いかける。時折、父親も顔を見せて、絵里子にも丁寧に接してくれたが、そんな時は急に病室で独りぼっちになったような寂しさを覚えた。

理沙のまわりにはいつもたくさんの本が置いてあった。それらは同年代の子が読むには少し難しいものばかりだった。学校を休んだ日には絵里子がクラスの様子を話して聞かせたが、代わりに理沙は本の話をしてくれた。聞いている時の理沙は同い年らしく無邪気に見えるが、話をし始めると三つも四つも年上に感じられた。

時には自分で作った物語を披露してくれる。それが実によくできていて、悲しい話の時には絵里子は泣き出してしまった。最初は笑って聞いているのだが、ストーリーが巧みで身の回りの物事に絡めてありありと再現してみせるので、いつしか催眠術のように引き込まれてしまい、怖いほどに心を揺さぶられた。

理沙は「ごめんね」と言って泣いている絵里子を優しく見つめるのだが、その表情には得意気な様子は全くなかった。それは作りながら自分自身が泣いたからに違いない。彼女はその物語の中を誰よりも生きていたのだ。人と接することの少ない理沙にとって、本の世界は紛れもない現実だった。絵里子は次の日の朝になっても、思い出すと悲しくて涙が出ることさえあった。

中学生になってから「あなたは将来絶対に作家になるべきよ」と言ったことがある。しかし、理沙は「ならない」と即答した。彼女は貧困地域の援助に携わる仕事がしたいと言う。どんな形で貢献できるのか分からないが、ただお金を稼いで贅沢に暮らしていく人生なんてまっぴらだ。自分はこんな体なので長生きはできないかもしれないが、病気のない体に生まれながらハエも追えないほどに餓えて死んでゆく子供たちがいる。それは耐えられないことだ。だから、その子たちを救うのに役立つのなら書いてもいいと言った。平凡でありふれたヴィジョンしかなかった絵里子は何も答えられなかった。

絵里子は中学で陸上を始めたので、次第に理沙の家に行く回数も減った。理沙はそれをいいことだと言う。そして自分たちはスマホでのやり取りなどはしないでいよう。あれは便利ではあるがテレビと一緒で人間が痩せて薄っぺらになる。頼っていると人間関係の大事な部分を破壊してしまうと言って、百人一首の中から、

『やすらはで　寝なましものを小夜更けて　かたぶくまでの月を見しかな』

という好きな歌を挙げた。人にはほどよい距離、間が必要で、この時間と空間の孤独の中で思いを馳せてこそ人間は豊かで満たされる。私たちはこういう素敵な関係でいましょう、と微笑んだ。

古典文学が好きな彼女は明治、江戸と遡って、その頃は平安時代のものに傾倒していた。この孤独な少女の早熟さに絵里子は驚き、あらためて眩しさと憧れを覚えた。高校生にな

ると理沙は古事記に熱中していた。専門家ですら解釈が難しく意見の分かれることを夢中になってこねくり回している。

その頃、絵里子は高校生活に苦しんでいた。たまたま中学の時に都大会まで行ったことがあって、顧問の勧めで陸上の強豪校に進学したのだが、とてもついていけなかった。そこには彼女より才能のある子が多くいて、それは練習で超えられるようなレベルではなかった。練習時間も異常と思えるほどに長い。陸上だけを目指して来ている子たちはそれに耐え抜き、一日の大半を費やしても疑問に思わない。絵里子とは見ている所が違うのだ。同級生も先輩もいい人が多く、コーチもよく面倒を見てくれたが、いつしか彼女は巨人の国に迷い込んだガリバーの心境になった。自分のいるべき所ではないと知って悲しかった。

理沙は辛かったら辞めればいいと言った。学校も部活も大切だけれど、しょせんは一時的に通過するものであってすべてではない。自分を殺してまで続けることも、無遅刻無欠席をする必要もない。「ボクシングのヒット&ウェイよ。自分が死んだら世界も消えるんだから、あまりまわりと比較して自分を責めないで。うまくいかない時は離れればいい。自分がダメなんじゃなくてやり方の問題なのよ」と言ってくれた。

それでどれだけ救われたことか。一気に肩の力が抜けて、一歩離れて落ち着いて状況を見られるようになった。このことは一番母に知ってほしいとも思った。母は無意識に別れた父と張り合っているようで、必要以上に一生懸命でとても疲れて見えた。

絵里子は陸上部を辞めた。その後はまた昔のように頻繁に理沙の所へ行くようになった。理沙は少しも嫌な顔をせずに迎えてくれる。おそらく励まそうとしていたのだろう、熱心に古事記の話をして聞かせ、時には得意の創作力を生かして独自のストーリーを展開してみせた。

「日本人のルーツの話なんだから、真偽はともかく私たちは興味を持たなければダメよね」と天地創造から語り始めた。

「不思議なのは古代の人たちがどこからこの着想を得たかなの。宇宙の中心の浮遊から凝固が始まって生命の兆し、神が現れる話など、高密度の揺らぎから宇宙が誕生したとされるビッグバン理論とそっくりでしょう。神が枝分かれしていくのを宇宙の生成に置き換えると余計に酷似しているわ。イザナキとイザナミの国造り、夫婦神の現世と黄泉の国を巡るおどろおどろしいストーリーは太古の地殻変動を想わせ、国を造った後に黄泉比良坂（ヨモツヒラサカ）を塞いだ千引石（チビキノイワ）を挟んで、生者と死者の国を司るようになった話はその後の生命の発展を想わせる」

と、こんな話をしてくれた。半分は絵里子を楽しませるための創作なのだが、萎縮していた彼女の心は昔のように活気をとり戻し躍動し始めた。

「女のイザナミが一日に千人を殺し、男のイザナキが千五百人を誕生させると言うのね。日本の聖地が長野の善光寺で霊地は恐山だと言われたりするけど、比良坂の関が岩で塞がれているため黄泉への入り口が全国に散らばったんじゃないかな？　いたる所に小さく開いていて生死を司っているのだと思う。人が死ぬ時には黄泉への穴が現れる。病気であれ交通事故であれ、死の間際にはポッカリ開いた穴を見る、逆に穴を見た時が死ぬ時とも言えるけどね」

　これを聞いた時は夜だったので鳥肌が立った。やはりこの人は作家になるべきだ。

「それでね、私の勘だけど、この神話の秘密が四国にあるような気がするの。四国は淡路島の次にイザナキとイザナミが造った国だからね。弘法大師が八十八ヶ所の修行をして回ったのも、守護のために結界を張ったのではないかと考えてるの」

　絵里子はその創作力を楽しんだ。理沙は夏休みに二人で四国を旅行しようと言う。お遍路で歩いてみたりバスで回ったり、二人の楽しい想い出を作ろうと。それは絵里子を元気付けるのもあるが、自分の将来のために体が丈夫になるよう願掛けもしたかったのだろう。

二人は内緒で夢中になって計画を立てた。

ところが間もなく理沙は急逝してしまった。夜中に頭が割れるように痛いと訴え、病院に着く前に息を引き取ってしまった。突然のクモ膜下出血だった。

絵里子の思春期らしい甘美な夢想は消し飛んでしまった。あまりに単純で残酷な現実に、悲しい気持ちも起こらない。ただ自分が発症したかのように目の前が暗くなり、手掛かりを求めて左右を見回しているうちに物事は淡々と進んでいった。

通夜の知らせが来て焼香にあがると、そこに理沙がいた。見知らぬ人がいることを除けば、病室に見舞いに来ているみたいだ。理沙は眠っているようにきれいだった。側で母親が声をあげて泣いていなければ死んでいるとは思えなかった。しかし、告別式に参列して最後の別れをした時にはもう硬直が始まっていて、蠟人形のように白く別人になっていた。それを見た時、死というものの醜悪さに慄然とした。死とは遠い未来のことであり、身近に感じられる晩年と比べて、上り坂に差しかかったばかりの今は、まだ抽象的概念でしかなかったのだ。

——現実の肉体の崩壊はおぞましい恐怖だった。黄泉の国のイザナミの腐乱した体が浮かんでくる。

「理沙は黄泉の穴を見てしまったのだ……」

悲しみはずっと遅れてやってきた。後悔と同じで、頭で分かっていても感覚が身を責めさいなむには時間がかかる。そして感覚は後ろに寂寥を連れてきた。

――理沙がかわいそうだ。

寂しさに懸命に耐えた。理沙が教えてくれたように距離を置いて眺めようと学校も休んで閉じこもった。こんなことで彼女のアドバイスが役立つとは皮肉だったが、身近な人が突然いなくなったことへの衝撃は尾を引いた。あれだけの才能を持ちながら、活かす時間も場所も与えられず、わずか十五歳でこの世を去った理沙が不憫でならない。せめて彼女が初めて踏み出そうとした四国へ、遺影という形であっても連れていってやりたい。

絵里子は一人で四国行きを実行しようと思案した。しかしどうしたものか？　一人では元の計画のように遍路として歩くことも、バスツアーに混ざることも、どこかに宿泊して資料を見て回ることもためらわれる。第一、資料などは理沙がいてこその話だ。

そんなある日、コラムを見つけた。『天空』という思いつきやすいタイトルでアップしているから、すぐに検索できた。これは打ってつけだと思った。お金もかからないし、寺なら安全だし、理沙が一番喜ぶだろう。問題は母だ。理沙との二人旅ですら反対されそうなのに、一人で行くとなると絶対に許さないだろう。理由を話したとて、とても納得するとは思えない。考えた末に絵里子は引きこもりになり切り、なんとか現地まで行って、埒が明かなければ死ぬと言って脅そうと考えた。

「どうやら母にはバレていたようね。多恵さんと話しているのをふすま越し聞いて、ちょっと見直したわ」

ざっとこんな話だった。多恵さんはあの夜タヌキ寝入りしていたことに呆れていた。

「でも、来た甲斐があったわ。あの滝つぼは昔この村の霊地だったのよ。弘法大師が封じた黄泉の穴の一つだわ。今日河端さんが暗い底から上がってきた時、イザナミと理沙の最後の顔が重なって気持ち悪くなっちゃった」

河端君も呆れた。

「バカバカしい！　そんならオレはとっくにあの世に行っとるじゃないか」

「お前さんの穴は、タマさんとこの肥溜めかもしらんの」と小隠さんが吹き出した。

「なら聖地はこの寺か？　……ふっ、ありえんの！」

二人のやり取りを聞きながら隣で多恵さんが「子供のケンカだ」と小さくつぶやいた。

私は、絵里子のその年頃らしい感受性と行動力には感心した。一般的に思春期というのは感傷的になりやすく思い込みが激しいものだ。そういう中からごく稀に天才的な怪物が出現することがあるが、大概は一過性の行動で終わってしまう。はしかのようなもので成長とともに治まっていく。しかし、凡庸であれ天才であれ、死というものが絡んでくるとそんなものには何の価値もなくなる。個人にとってこの世からいなくなるということ以上に切実なことはないのだ。それには年齢も、仕事も、倫理も関係ない。しかも、それはなんら特別なことではなくごく普通に確実に起こっている。生きることは死ぬことを学ぶためにあるのだ。死を間近にした時、残された生の中で個々の人間の本当に重要なものが現れてくる。わずか十五歳で亡くなったその少女は、人助けの夢を抱いたまま一瞬で最期を迎えたが、それは幸福だったのだろうか？

私には絵里子の気づかないその子の一面が分かる気がする。人は脳に写し取った現実世界を生きている。理沙という子は単に創作力に富んでいたのではなく、実人生を脳で増幅できていたのだ。それは私の異様な発作とも相通ずる。彼女はアフリカの大地に本気で立つ気でいた。失った足の代わりに初めて義足で立とうとする人のように、その手始めに、この四国の地を踏みしめる気だった。そんな彼女からすれば、絵里子のある意味単純な健康さは愛らしく、また眩しかったに違いない。

「聖地っていってもそんな仰々しいものじゃないから、意外と平凡なものじゃないのかな」と絵里子は続ける。

私はなんとなくあのお堂を思い浮かべた。考えてみればあれは奇妙な場所にある。奉納や神楽に使うのならもっと村の中ほどに在ってもよさそうなものだ。そのことを話すと絵里子は俄然乗り気になって「今から行こう」と言い出した。皆さすがにそこまでは付き合えないと断ったのだが、どうしてもとせがまれて仕方なく私が連れていくことになった。


「うわっ、気持ち悪い」

と言いながら彼女は杉柴だらけの階段を上る。湿った空気を抜けてお堂の前に出ると、いくぶん緊張気味にしげしげと見ている。あの滝の感覚が残っているせいか、まるでじっとしている生き物のようで、よくここで深夜に座ったものだとゾクリとした。

しかし陽だまりにわだかまる姿は、次第にほのぼのとした熱を発散してくる。ここは神楽を舞う人を連想させたり憂鬱な気分を解消してくれたりしたのだ。

「これちょっと変だよ」と絵里子が突然、調子外れの声を出した。

「このお堂、登ってまっすぐの位置からズレている。不自然に斜めを向いていない？……これ……滝つぼの方角を向いているのよ」

　言われればそんな気もするが、私は無邪気なこじつけに笑い出しそうになった。――やはり、まだ子供だ。

　ここはただのありふれたお堂だ。あの夜の月光が目に浮かぶ。これから秋になると山風が林を揺らし、影が屋根の上を動くだろう。冬は雪が白く染める。春には小動物が敷石の上を通り抜けていくかもしれない。人のいないところで進行するその移り変わりが悠久の意志を持ったものに思える。この建物は後どのくらい持つのだろう。このまま放置されれば十年二十年で土に還るだろう。それでいいのだと思う。これを造った人たちはとっくにいない。すべてはいずれ本体の河に還るのだ。

「それに、なぜこの林の中ではセミが鳴いていないの、外ではあんなにひっきりなしに鳴いているのに。理沙が言っていたけど、セミはイザナミが黄泉から逃げるイザナキを殺すために放った悪鬼のなれの果てなんだって。失敗したためにあの姿に変えられ、地中で長く苦しんで外に出ると十日ほど泣き叫んで死んでしまう。やっぱりここは聖地かもしれないね」

絵里子がまっすぐ私のところにきて言った。

五、月見の夜

盆が近づいてきた。

十二日になると小隠さんはまた裏の庵に籠もってしまった。北に面した石垣の上に建ててあり、脇にあるクチナシとイチジクがまだ仄かな匂いを放っている。秋になるとイチジクの実が熟して、早く収穫しないと昆虫やスズメバチが集まって危なくて仕方ない。小隠さんはいつも放置するので、よく文句を言うのだとタマさんが言っていた。小隠さんは「花と実は親と子じゃ、なるたけ長く添わしてやりんさい」と言って手を付けようとしないらしい。

お盆前の接心は一年で最も重要で、全霊を傾けるのだそうだ。私は先祖の霊を慰めるためと解していたが、明けて出てくる時はかなり憔悴していて、傍目にも大変そうだった。

小隠さんが籠もっている間は誰も来ない。昼に一度当番が食事の作り置きにきてくれて、後は寺に私が一人になった。ガランとした境内から陽気な陽炎が踊っている田んぼをぼんやり眺めた。

静かだった。ここへ来て気づくのは都会の騒音の多さだ。車の音から電車の発着音、人の声、靴音、電話、音楽、電子機器、街頭広告、まるで音の上に世界ができているようだ。この村では半日も人と口をきかないことがある。人の作り出す音は心に近しいものではあるが、同時に神経を傷つけるものでもある。

今、向こうの山の畑で誰かが鍬を打っている。微かに土に食い込む音が時間差で聞こえてくる。しばらく聞いていたが、こういう風にただ一人、自然を相手に過ごすことが村では日常だ。聞いていると動作と音がかけ合い漫才をしているようでおもしろい。何かただ生きること以外のものを第一義に置くと不幸になるよ、そう言っているみたいだ。

小隠さんが出てきた朝、ねぎらいの言葉をかけると軽く手を挙げた。朝食の時に、

「小隠さんは今までに悟りを得たことがありますか？」と聞いてみた。

「無いな」と即答する。

「ワシが唯一学んだのは呼吸だ。呼吸は命そのもの、存在そのものだな。このわずかの動作が止まれば生き物はたちまち死んでしまう。病気ができるのも煩悩に思い悩めるのも、ものを食えるのも笑うのも怒るのも、すべては呼吸あってのことだ。どんな偉い人でも呼

吸しなければ十分と生きてはいけん。だから呼吸はすべてに先行する有と無、生と死をつなぐ根源だな。その呼吸に徹していると、在るものが消え、無いものが出てくる。そして在るも無いもない命が感じられて幸福な気持ちになる。そのことだけがワシの得たことだな」

それはよく分かる気がした。あのお堂で意識をなくして以来、そんなものが腹の中でモヤモヤ感じられて、何も変わっていないのに何か変わったように感じた。

少し熱くなって小隠さんを見たが、酢漬けの大根をくわえたままぼんやり外を見ている。開けた扉の向こうで、二羽のツバメが稲田の上を矢のように飛び交っていた。タマさんの家では玄関を入ってすぐ上の所に巣があった。人がいるとヘビに狙われにくいため、毎年そこで子育てをするのだそうだ。絵里子が「朝になると親鳥が窓を開けてくれと外で催促するの。開けてやると人がいても気にしないで餌を運んでくる。雛が一斉に大きく口を開けて、鮭の産卵みたいでおかしいわ」と話していた。最初の頃はうるさくて気持ちが悪かったが、今では涙が出そうになるという。毎朝飽きずに見ているらしいが、もうそろそろ巣立って家族で南へ飛んでいくだろう。

私も帰らねばならないと思った。昨年来た時は一ヶ月くらいの予定だったが、だんだんと延びてもうすぐ一年になる。両親からは何度か帰宅の催促があった。ツバメが去って、絵里子もいなくなると、村もなんだか寂しくなるな。そんなことを考えながら小隠さんとしばらく外を眺めた。

盆を過ぎると、どことなく秋の気配が漂ってきた。東京はまだ厳しい残暑の盛りだろうが、高地の夏は短い。今年も何軒かは孫、曾孫を連れた家族が帰省してきたが、それらが皆帰ってしまうと急にしんとして、余計に秋めいて感ずるのだった。

「冬はこの辺は雪で動けんようになるけん、春休みになったらまたおいで。ゼンマイ御飯作って待っとるよ」とタマさんは言っていた。絵里子の帰る日が近づいてきた。

ある日小隠さんが、今夜は十五夜だから月見をやろうと言い出した。

「その平安時代が好きだったという娘を偲んで、団子とススキだけの古風な月見だ。まだ蒼くてススキは穂が出とらんかもしれんが、皆で行って取っておいで。タマさんに団子と蒸し饅頭でも作っておいてもらうけん」と言う。

「日が暮れるところからじっくり味わおう」と、明るい夕方の五時半から始めた。辺りではヒグラシの声もまだやかましい。

団子とススキだけと言いながら、小隠さんはじゃこ天を肴に酒を呑んでいる。河端君がツマミに買ってきた宇和島の揚げかまぼこで、小隠さんの好物だ。

ススキの横には理沙の遺影を飾った。参加者は小隠さんの他にタマさんと絵里子、多恵さん、河端君と私だ。絵里子の送別会も兼ねている。

「ヒグラシはなんであぁ悲しげに鳴くんじゃろな？　絵里子さん、かなという名前じゃなくてよかったな。カナ、カナ、カナ、嫌いなセミに連れていかれそうじゃの」とほろ酔いになってきた小隠さんが冗談を飛ばし始めた。

「な、この寺が聖地なんてありえんよ。じゃこ天食って酔っ払っとる和尚のおるとこじゃけん」と、こちらもほろ酔いの河端君が小声で言って笑った。

不思議なもので、この団子と蒼いススキだけの簡素な小道具が妙に皆の心を浮き立たせる。それでちょっと昔話でもしようかということになった。絵里子は話を聞いたので、指名されてまず多恵さんが口火を切った。

私、小学生の頃は家から学校までの三キロの道を、毎朝走って登校していたの。だから自然と足が速くなったのだけど、帰りは上り坂がきつくて歩くのも嫌だったわ。それであちこち寄り道をしながら倍の時間をかけて帰っていた。

何年生の頃だったか、一学期の終業式の日に、工作や本を抱えて歩いていたら疲れちゃってね、川べりの木陰で休んでたことがあるの。そのうちに気持ちよくなってつい眠ってしまい、目が覚めると大人たちが騒いでいてビックリした。誰かが母親に「小さい子が川の方へ下りていった」と言ったらしくて、総出で捜していた。後で母にこっぴどく叱られて怖かったわ。「なら車で迎えにきてよ」と不満タラタラだった。

まあ、そんなわけで私も陸上をやるようになったのだけど、よく父に「真っ黒に日焼けして、どっちが表か裏か分からん」と冷やかされたな。ここは空港から登ってくる間に気圧の変化で二、三回耳が鳴るくらいだから、いい高地トレーニングになるわよ。実際に関西辺りの大学が、ラグビーの強化合宿に町に来るくらいだからね。

私が中学を卒業する年に、学校が三年後に廃校になることが急に決まってね、陸上といっても部があるわけじゃなく、先生と二人でやっていただけだからすごく寂しくなったわ。それで高校受験の前日もグラウンドを走っていたら、担任に見つかり注意されたの。これを遊んでいて大学に受かったとデマにして流した人がいるけどね、と、じゃこ天を噛んでいる小隠さんをいたずらっぽく見た。

東京にいた頃は毎日が辛かったな。殺気立っている朝の通勤はどうしても馴染めなかった。武蔵野の善福寺公園の側に住んでて、休みの日は早朝によく散歩に行ったわ。ウシガエルが鳴いててね、夕暮れのにぎやかな水田を思い出すと涙が出た。東京を離れる時はさすがに傷ついたわ。松山に着いて、迎えにきた父を見た時は泣き出しそうになった。もう亡くなってしまったけど、心配かけていたと思う。……こんなとこかな。

以前、私は彼女がくすぶっているなどと失礼なことを言ったが、田舎であればそれなりに彼女への期待も大きかったことだろう。本人にはそれに応えられない不甲斐ない気持ちもあったろうし、そのぶん帰るにも故郷の敷居は高かったに違いない。彼女は今、試験場に指導に来ている大学講師と交際しているらしい。霞が関辺りを颯爽と歩いているより、よほどこちらの方が似合っているし幸せだと今は思う。——彼女の磁場だ。

次はタマさんが話し出した。

昔はようけ男親のおらん家があったな、戦争に取られて戻ってこん人が多かった。

——「また戦争の話か」と河端君がこぼしたが、多恵さんが「しっ！」と黙らせた。

うちの親は幸い霞ヶ浦で機銃掃射に逃げまどうとるうちに終戦になって戻ってきたが、父親のおらん家は女の人が難儀しとった。河川工事に日雇いで行ったり、農作業の手伝いをしたりで凌いどったが、見ていてかわいそうだった。あの頃は食糧事情も悪くてよく給食が中止になってな、私らは日の丸弁当を持参したが、持ってこれん子もおった。そういう子は給食時間になると運動場で遊んでてな、先生が不憫に思ってパンを用意してやったりしたが、要らんと食べん子もいた。私らが分けてやろうとすると怒って仕返しされるんで、怖くてようせんかった。

それでも夜になると、どこの家も大した物がなくとも笑い合うて食べよった。笑って皆で晩御飯を食べれば、子はそんだけで元気に生きていけるんじゃな。今はあんた親が子を殺し、子が親を殺しとる。家族に会いとうても会えずに外地で死んでいった人が仰山おるのに、バチが当たるわ。あんたらも子ができたら大事におしよ。親の仲が悪いと子がむごいぜ……。

何度か同じ話をしているらしく、私と絵里子だけが真剣に聞いていた。絵里子はその弁当を持てない子供が気になるらしく、私は西村の「子は親を選べない」という言葉を思い出していた。幼い子供にとっては親の存在は絶対的で、戦争であれ離婚であれ翻弄されても従属するしかないのだ。

タマさんは伯父がシベリア抑留から帰還して、病弱のまま不遇の人生を送ったのを見てきたので、半世紀以上が過ぎても憎しみは消えないようだ。同じ時代体験のない私たちには、どこか理解してもらうのを諦めている。言って損したという顔で「はい、おしまい」と言って茶を飲み始めた。


河端君はあまり大した話もなかった。酔いが回って無礼講になり始めたので単に面倒くさいだけのようでもある。

「小学生の頃、川で泳いどったらマムシが目の前をすれすれに通っていった。そりゃ、たまげたわ」とだけ言って終わりにしようとした。

気づくと外は夕方なのか夜なのか分からない状態になっていた。西の空は少しばかりの赤みを残して暗く閉じつつある。鳴き足りないヒグラシの声が遠くの林で細く聞こえる。その上の尾根が仄かに明るんで感じられて、もう少しで月が出ると思うと、この単純なことがどこか厳粛な儀式に思えて皆静かになった。タマさんがとりあえずのつなぎにと蒸し饅頭を出してくれたが、皆空腹だったので非常にうまかった。

「一つなあ……」と河端君が饅頭をかじりながら続けた。

オレ、昔お遍路さんに石投げたことがあるんだ。学校の帰りに見かけてな、ここら辺まで来るのはめずらしかったし、一人で白ずくめの昔風の格好して歩いていて、幽霊みたいで気持ち悪かったんや。友達と三人でついていきながら、「誰が最初に顔を見るか」と騒いどった。そのうちオレが石を投げたら笠に当たってな、その人はゆっくり振り向いて「悪さをするな」と言うた。それが中年の男で妙に優しい顔して笑うとったんや。畑まで逃げてたオレらはそれを見てなんか怖くなった。その遍路がその後、山で首吊ったんだ。あの時の笑顔が今も忘れられなくて、呪われとるんやなかろうかと心配なんや。

「あんたはそがいな罰当たりなことしとったんか。そりゃ祟られるわ。ほれ、今もその辺に立ってこっち見よるで」とタマさんは庭の暗闇を指さしたので、絵里子は思わず多恵さんの側に後ずさりした。

「なるほどな。図太い神経しとるくせにいやに幽霊を怖がると思えば、そういうことがあったのか。つまらんことしたもんじゃ。心配せんでもあの人には、お前さんのことなど眼中にないよ。石なんか当たって喜んだくらいだろう。石を投げる悪ガキも生きとるという証じゃしな。ちょっとくらいは眩しかったんじゃないか」

「じゃあ、なんで首なんか吊ったんじゃ?」

「さあな、何を抱えていたやら、あるいは殉教のつもりだったのかもしれんが、よう分からん。分からんが、死んじゃいかん。人は老いて寿命が尽きるのが自然じゃ」

この時、正面の稜線の樹を透かして月が上がってきた。絵里子が「あっ、出た」と声を出した。

黒く沈んでいた山野が静かに輝き出す。闇の色の変化は自然現象の中でも最も神秘的だ。誰もが一瞬呆けたように見入った。

いつも思うのだが、月も太陽も山影を通過する時に急に動きが速くなる。特に太陽は沈む時に、月は昇ってくる時にそう感じる。それは山という対照物のせいで水平線ならもっと緩やかで雄大なのだろうが、どこかせわしない旅行者を想わせた。

「次は小隠さんじゃの」と、月が稜線を離れると河端君が促した。

「何かある?　先代の和尚と京都の修行時代の話はもう聞いたで」

「ワシは何もない、皆ここにいて知っとる通りじゃ。白隠さんのような大和尚にはなれそうにないがの」

「それでも東京にいたのなら好きな女の一人くらいできんかったの？　きれいなのがいっぱいおったやろ？」

小隠さんは鼻で笑って黙ってしまった。ぼんやりと月を見ている。

私はこの間からどうも小隠さんには家族があるような気がして仕方なかった。会話などを注意して聞いていると、例え話などにもそういった感じが出てくる。それに四十代で急に思い立って遍路になったなど、西行法師ではあるまいし、にわかには信じがたい話だ。寺の住職に心酔したというだけで出家ができるものだろうか？　何かある。河端君の口ぶりでは生涯独身で通しているらしいが、隠しておきたい何かがある。私も絵里子も思いもかけぬ事態に遭遇して今ここにいる。それが小隠さんの場合はその家族ではないのだろうか？　ただそれを聞いていいものだろうか？

私は思い切って「小隠さんは結婚されたことはないんですか？」と聞いてみた。

黙ったままだ。

「ずっと独身だったんですか？」

小隠さんはゆっくり首をまわして私を見た。

「それを聞いてどうする」

私たちはその言葉の冷たい響きに色を失った。明らかに普段とは別人の男がそこにいる。

「すみません。立ち入ったことを聞いて」と慌てて私は付け加えた。

小隠さんはすでに穏やかないつもの顔に戻って、少し笑みを含みながら腕を組んだ。しばらく首を捻って考えていたが、

「困ったことを聞く人たちだ。聞いて愉快な話じゃないぞ」と大きく息を吐く。

「小隠さん、申し訳ありませんでした、もう話さないでけっこうです。本当に失礼なことを聞いてすみませんでした」

と、私は懸命に制止した。

「まあ、ええわい。この先何回も聞かれるのも難儀じゃけん、一度だけ詳しく話しとくわ。ワシなんかの話は、みんなの耳を汚すほどのことでもないんじゃがの……」

そう言ってコップを手の中で回しながら考えをまとめ始めた。

しばらく沈黙が続く。

やがて「昔な……」と言って語り始めた。

三十年ほど前になるかな。ワシは東京に単身赴任をしていた。ずっと広島に住んでいて

家も建てていたし、娘が中学受験で私立に入ったこともあって、ワシ一人で東京へ行くことにした。だから独身じゃなくて妻と娘の三人家族だったのよ。月に一度ワシが広島に帰り、妻が東京に来たりしていた。

あれは娘が高校に上がった年だったな。

一九八五年、八月十二日――。

あの日に墜落した飛行機に妻と娘が乗っていたのよ。土日とワシの所に泊まりにきて、三人で食事に行ったり娘の目指していた大学を見に行ったりしてな。月曜日はワシが仕事だったので、母娘で買い物をして大阪の妻の実家へ向かう途中だった。

二人の遺体を見た時、これがワシの妻と娘とは思えなかった。顔は奇跡的に判別が付いたが、まるでロウソクのように青白く固まっていて、魂のないただの物体だった。とても現実だとは受け入れられず、すべては鏡の向こうで見ている影絵のようだった。

それからは他の遺族と同様だ。奈落の底に突き落とされたような果てしない苦しみが始まった。東京にいるとまだ広島に家族がそのまま居るような気がする。無意識に電話をかけようとしたり、「なんだ、夢だったのか！」と胸をなで下ろす夢を何度も見たりした。想い出とは残酷なものでな、とっくに忘れていた些細なことが甦ってきて弱った心を切り刻む。

ワシは会社を辞めて広島に帰った。ガランとした家が恐ろしくて、夜中に何度も起きては妻や娘の部屋を確かめにいった。やがて眠ると決まって同じ夢を見るようになった。

ワシは飛行機の中にいる。ジェットの唸る金属音が鳴り響き、暮れゆく西の空には黒雲が真っ赤に燃え、暗い地表に灯りがともり出した。それらが揺れて交互に窓の外に現れ、機体は激しく浮き沈みを繰り返した。ふと側を見ると、母に抱かれたまま恐怖に凍りついている少女の顔があった。静止画のようにワシを見つめているが、もう慰めてやることもできない。極楽浄土に飛ぶように赤い残照がよぎったかと思うと、やがて運命を決める黒い山影が現れた。急速に目の前に迫ってくる……。

「お父さん……」と娘の声が聞こえた。

「どこだ！」と懸命に探すがどうしても見えない。

「あなた……」

今度は妻の声が聞こえた。

「待って！」そう叫んでワシは目を覚ました。

判で押したように毎回同じ夢だった。どの夢でも二人の声は聞こえるが姿は見えなかった。

いきなりの即死だったならまだしも、三十分も四十分も恐怖と絶望を味わって死んだかと思うと「守ってやることができなかった！」と胸が張り裂けそうだった。

そのうちワシは二人の顔が思い出せなくなった。写真を見るとこんなだったかなと思うが、心に思い浮かべると逆光でかすむようにもどかしく、生きた顔が浮かんでこない。

その後はお遍路になって狂ったように四国路を歩き回ったのよ。ワシにとってはまだ昨日のことだが、もう三十年も前の遠い出来事だ。

――小隠さんはコップに語りかけるようにして、またしばらく黙った。

それで何回目かの巡礼の途中、この寺に泊まることになった。先代が遍路を受け入れていたのでな。

峠を越える時、ワシはわざわざ昔の山道を選んだ。ちょうど雨風の強い日で、日も暮れかけていた。気分的にそうしたかったんじゃな。暗くなってからは風が吹き荒れ、雨は横殴りに叩きつけて、樹が狂人のように波打っていた。

ワシは滑り落ちそうな小道を、懐中電灯を照らして泣きながら歩いた。妻が楽しみにしていた旅行を取り止めたことや、娘が内緒で買った服を叱ったことなど、どうでもいいようなことが次々と浮かんできた。その都度「許してくれ！」と泣き叫んでいた。

そのうち途中で道が分からなくなった。どっちを向いても斜面ばかりでな、道らしい道がない。ワシは「もうええ」と思った。このまま行き倒れて死んでしまおうと思った。

それからは記憶が無いんじゃ。ふと目を覚ますと布団の中にいて、先代が枕元で座禅をしていた。朦朧とした頭で、夢かあの世かとぼんやり思ってまた意識を失うた。

明け方、また目が覚めた。今度ははっきりと分かった。相変わらず先代は見守るように枕元で座っておられる。その仏像のような動かない姿を見た時、ワシの心の奥から堰を切ったように涙が溢れてきた。ワシは泣いた。子供のように泣いた……。

先代は気づくと静かに額の手拭いを換えてくれた。

まあそんなことでな、何かの因縁があったのじゃろう、ワシは独身だった先代の跡を継いだのよ。


途中から絵里子が泣き出した。終わってもヒーヒーと泣いている。誰も口をきかなかった。きけなかった。

「つまらん話をして悪かったな。もう泣きなさんな。大昔のことじゃ」と小隠さんはしゃくりあげる絵里子をなだめた。

「今はな、かけがえのない経験をさせてもらったと思うとる。あの二人がこの世に存在していたというのは紛れもない事実でな、それがワシには限りなく尊く有り難いことなんじゃ。今はまだ分からんと思うが、あんたのお友達もきっと同じに思えるようになる」

正面の尾根から上がった月は、今は青みがかった夜空に揺れているようにして浮いている。きっとあのお堂にも木立の間から金色の光を投げかけているだろう。

平安時代が好きだったという理沙が、もし生きてこの光景を見ていたら、自分はまさにその時代にいると錯覚したに違いない。彼女が小隠さんの娘だったような気がしてならなかった。あの月の向こうで二人は会っているのかもしれない。何千年もの長い間、生きる者たちの念を集め続けたあの天体は、もはやただの惑星ではないのだろう。

ここの月は大きい。しかし昇り切って中天に懸かると普通の大きさに戻る。ふと、あの昇ってくる下には滝つぼがあるなと思った。あのアヤカシのヤマザクラが咲いていたのも、向こうの尾根の滝を見下ろす崖の上だった。

「かつて先代からこんな話を聞いたことがある」と小隠さんは月を見上げながら言った。

「この世は異形の世界だ。本来あるはずのないものが偶然に出現したのであり、沈黙と無が本来の姿だ。だから存在するすべてのものも異形なのだ。異形である以上はそこにはとどまることのない転変があるだけだ。安寧はない。それゆえに尊いのだ。案ずることはない。やがては本来の面目に還る。だから生きよ」

——ワシはその言葉で救われた。ワシが跡を継ごうと決心したのはその時だ。

暗くした室内に月光が忍び込む。ススキの影が少しずつ短くなり、理沙の写真と並んだ。野も田も部屋の中も、皆同じ光が満ちている。

「しかし月はいいもんだな。原理は分かっておっても、夜空に浮かぶと不思議な気がする。じっと見ていると距離がなくなって一体になってくるようだな」と小隠さんが言った。

（終わり）

著者プロフィール
石丸 栄作（いしまる えいさく）
1955年生まれ
愛媛県出身

虚空の時代に

2020年４月15日　初版第１刷発行

著　者　石丸 栄作
発行者　瓜谷 綱延
発行所　株式会社文芸社
〒160-0022　東京都新宿区新宿１－10－１
電話　03-5369-3060（代表）
03-5369-2299（販売）

印刷所　株式会社フクイン

ISBN978-4-286-21515-0